共和国故事

西气东输

——西气东输工程开工建设

张学亮　编写

吉林出版集团股份有限公司

图书在版编目（CIP）数据

西气东输：西气东输工程开工建设/张学亮编. —
长春：吉林出版集团股份有限公司，2009.12

（共和国故事）

ISBN 978-7-5463-1833-2

Ⅰ．①西… Ⅱ．①张… Ⅲ．①纪实文学－中国－当代 Ⅳ．①I25

中国版本图书馆 CIP 数据核字（2009）第 233747 号

西气东输——西气东输工程开工建设

XI QI DONG SHU　　XI QI DONG SHU GONGCHENG KAIGONG JIANSHE

编写　张学亮

责任编辑　祖航　李娇　王贝尔

出版发行　吉林出版集团股份有限公司

印刷　三河市嵩川印刷有限公司

版次	2010 年 1 月第 1 版		2022 年 1 月第 9 次印刷
开本	710mm×1000mm　1/16		印张　8　字数　69 千
书号	ISBN 978-7-5463-1833-2		定价　29.80 元

社址　吉林省长春市福祉大路 5788 号

电话　0431－81629968

电子邮箱　tuzi8818@126.com

版权所有　翻印必究

如有印装质量问题，请寄本社退换

前　　言

自1949年10月1日中华人民共和国成立至今,新中国已走过了60年的风雨历程。历史是一面镜子,我们可以从多视角、多侧面对其进行解读。然而有一点是可以肯定的,那就是,半个多世纪以来,在中国共产党的领导下,中国的政治、经济、军事、外交、文化、教育、科技、社会、民生等领域,都发生了深刻的变化,中国人民站起来了,中华民族已屹立于世界民族之林。

60年是短暂的,但这60年带给中国的却是极不平凡的。60年的神州大地经历了沧桑巨变。从开国大典到60年国庆盛典,从经济战线上的三大战役到经济总量居世界第三位,从对农业、手工业、资本主义工商业的三大改造到社会主义市场经济体制的基本确立,从宜将剩勇追穷寇到建立了强大的国防军,从废除一切不平等条约到独立自主的和平外交政策,从"双百"方针到体制改革后的文化事业欣欣向荣,从扫除文盲到实施科教兴国战略建设新型国家,从翻身解放到实现小康社会,凡此种种,中国人民在每个领域无不留下发展的足迹,写就不朽的诗篇。

60年的时间在历史的长河中可谓沧海一粟。其间究竟发生了些什么,怎样发生的,过程怎样,结果如何,却非人人都清楚知道的。对此,亲身经历者或可鲜活如昨,但对后来者来说却可能只是一个概念,对某段历史的记忆影像或不存在,或是模糊的。基于此,为了让年轻人,特别是青少年永远铭记共和国这段不朽的历史,我们推出了这套《共和国故事》。

《共和国故事》虽为故事,但却与戏说无关,我们不过是想借助通俗、富于感染力的文字记录这段历史。在丛书的谋篇布局上,我们尽量选取各个时代具有代表性或深具普遍意义的若干事件加以叙述,使其能反映共和国发展的全景和脉络。为了使题目的设置不至于因大而空,我们着眼于每一重大历史事件的缘起、过程、结局、时间、地点、人物等,抓住点滴和些许小事,力求通透。

历史是复杂的,事态的发展因素也是多方面的。由于叙述者的视角、文化构成不同,对事件的认知或有不足,但这不会影响我们对整个历史事件的判断和思考,至于它能否清晰地表达出我们编辑这套书的本意,那只能交给读者去评判了。

这套丛书可谓是一部书写红色记忆的读物,它对于了解共和国的历史、中国共产党的英明领导和中国人民的伟大实践都是不可或缺的。同时,这套丛书又是一套普及性读物,既针对重点阅读人群,也适宜在全民中推广。相信它必将在我国开展的全民阅读活动中发挥大的作用,成为装备中小学图书馆、农家书屋、社区书屋、机关及企事业单位职工图书室、连队图书室等的重点选择对象。

编 者
2010年1月

目录

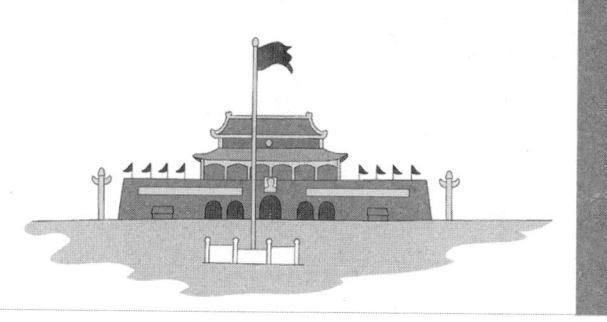

一、决策规划

决定西部大开发战略/002

西气东输提上日程/007

国务院批转工程建议书/09

成立输气工程领导小组/013

批准可研报告和立项书/016

二、勘测设计

走进塔里木的勘探者/020

掀起勘探科技攻关高潮/025

中央领导关注能源勘探/027

塔里木盆地成为西气之源/034

三、施工建设

完成管线穿越淮河壮举/038

大港公司打出队伍雄风/041

决战苏浙沪段工程/046

江汉公司决战黄淮大地/055

举行西气东输开工典礼/059

鏖战陕甘晋段工程/068

目录

奋战豫皖段工程/080

女子焊工队战斗在工地上/087

超长输油管穿越黄河/093

气源地抢建外输管道/097

四、全线贯通

先锋气首送清洁能源/106

各站供气完成动脉合龙/110

举行西气东输投产庆典/112

一、决策规划

- 专家进一步说：如果想明显改善环境质量，资源和生产效率必须提高8至10倍。

- 朱镕基说："西气东输工程被列为国家近期要完成的4个特大型基础建设项目之一。"

决定西部大开发战略

2004年4月16日，在上海召开的国际科普论坛上，时任全国人大环境与资源保护委员会主任委员曲格平教授发出呼吁：

> 当前我国环境问题面临着历史上任何国家都不曾遇到的复杂和严峻局面，对社会经济、生态系统、人民健康乃至国家安全构成严重威胁，通过相应的保障措施建立循环模式已是刻不容缓。

面对各种挑战，中央决定在"十五"期间，实施西部大开发战略；而"西气东输"则是开发战略中的四大工程之一。

早在1997年，据世界卫生组织对60个国家近10到15年的监测发现，全世界污染最严重的10个城市中，中国占8个。同时，联合国公布的不适宜人类居住的约20个城市中，16个在中国。

中国城市大气中的总悬浮微粒和二氧化碳是世界上最高的。仅1997年一年，全国烟尘排放量就达1873万吨，二氧化硫排放量达到2346万吨。大气环境符合国家一级标准的城市不到1%，62%的城市大气二氧化碳日平均浓度超过3级标准。

作为世界四大文明古国之一的中国，自古就强调人与自然的和谐。古诗中的"野旷沙岸静，天高秋月明"、"云日相辉映，空水高澄鲜"寄托了古人对大自然的讴歌与向往。尊重自然，"天人合一"成为东方儒学的主要发展观。

13亿人口的中国作为世界上经济增长速度最快的国家之一，由于忽视了人与自然的和谐，专家警告，有可能面临着当年伦敦黑雾的危险。

20世纪50年代的英国，一场突如其来的浓重黑雾像一张巨大的黑锅盖笼罩在伦敦上空，经久不散，黑雾过后，30多位市民成为黑雾的牺牲品。

过后，人们发现，造成伦敦黑雾的祸首就是大量的工业用煤和取暖用煤直接燃烧产生的悬浮于空气中的二氧化硫、二氧化碳等有害物质。

有专家说：过去20多年中，我国无论城市还是乡村，人口死亡的主要原因之一，是由于大量燃烧固体燃料引起呼吸道疾病所致。

而且，由此带来的恶果，还有全国酸雨面积占国土资源的30%，华中地区酸雨区酸雨频率竟达90%以上。

更重要的是，污染严重损坏人体呼吸道系统，危害血管的健康，加大癌症发病率，影响人类基因，造成遗传疾病。

大气污染与耕地锐减、荒漠扩大、沃土流失、森林消失、垃圾围城、水源紧缺、赤潮泛滥、灾难频繁，共同构成中国环境九大难题。

由于中国在一个较短的时期内迅速从计划经济转向市场经济，对市场经济中可能出现的各种问题缺乏认识和预见，特别是对市场经济运行过程中出现的外部非经济现象，没有充分的思想和政策准备。所以，在经济增长过程中，许多城市和乡村都出现了较严重的环境污染问题。

当时企业和居民在能源开发和消费中一度忽视了环境保护，甚至明明知道自己的行为会导致环境污染，对社会会产生显著的损害，但出于自利的考虑而我行我素，有意将成本转嫁到外部，即自身获利而让社会付出代价，承受环境破坏的损失。而转轨中的社会和政府都有措手不及的困惑，往往是到了情况十分严重的时候才将解决问题提上议事日程。

同时，从计划经济向市场经济转化的过程中，利益结构越来越多样化，有些企业、个人，甚至地方政府，出于尽快致富或者增强自己产品价格竞争力的短期目的，不愿意或者确实没有能力在环境保护上增加支出。在经济发展水平很低、收入缺乏的条件下，受成本与价格关系的制约，尽可能使用廉价能源。

而且，在经济和技术条件都不具备的情况下，甚至根本无法提出和实现较高的环境保护要求。长期以来大多数城市居民一直以直接燃煤的方式做饭和取暖,当没有其他可供选择的方式时,没有理由要求他们停止燃煤污染环境的行为。

尽管中国将环境保护提上了重要的议事日程,给予了越来越大的重视,并采取了一系列的措施,使环境继续恶化的趋势得到遏止,但是,进入21世纪,中国的能源与环境问题仍然是最尖锐的矛盾之一。

2002年,全国节能宣传周的资料上说,作为占全球总人口五分之一的中国,对全球GDP贡献仅有4%,人均能源消费量仅为世界平均水平的一半,但产值能耗比世界平均水平高两倍。

中国一直处于能源紧缺状态。为了缓解能源供需的矛盾,20世纪80年代起,中国一度实行了"有水快流"的能源开发政策,鼓励各地方开发小煤矿。这在当时虽然增加了能源供应量,支持了工业化的进展,却是以环境的恶化为代价的。

据专家们分析预测,中国要实现2020年GDP翻两番的经济发展目标,又要保持现有的环境质量,资源生产率必须在现有的基础上提高4至5倍。

专家进一步说:如果想明显改善环境质量,资源和生产效率必须提高8至10倍。

种种现象说明,传统的粗放式发展模式已经走到了尽头,必须坚持科学的发展观,坚定实施可持续发展战略,走循环经济发展道路。

在上海召开的国际科普论坛上，世界可持续发展商务委员会主席伍梓培说：

在中国东南沿海，能源消费支撑起了很高的生活标准。而在广大西部地区，很多农民还用不上电。

时任科技部秘书长石定寰指出：

中国是世界上两个最大的能源消费国之一，也是世界上最大的燃煤国家。伴随着国民经济的快速发展，中国正面临着能源与环境方面的许多问题和挑战。环境污染已成为中国城市经济和社会发展的严重阻碍。

在"十五"期间实施的西部大开发战略，包括西电东送、西气东输、青藏铁路、南水北调等四大工程。

这四大工程的兴建，将极大地促进西部地区资源优势的发挥，缓解中国自然资源包括能源地区分布不平衡的矛盾，同时，也将从很大程度上改善日益严峻的能源与环境矛盾的局面。

西气东输提上日程

关于我国西气东输开发利用规划和战略研究工作，早在 1996 年就开展并完成了可行性研究报告。1996 年到 1998 年 7 月为发展战略研究阶段。

在此期间，专家学者们主要完成了《我国天然气开发利用战略研究》《我国西部天然气开发利用研究》《从俄罗斯及中亚地区进口天然气研究》等长远性研究课题。

1998 年 3 月 23 日，国家发展计划委员会印发了一份文件：《关于开发全国天然气利用规划工作的通知》。

《通知》指出：

> 天然气利用是一项上下游一体化、跨地区、跨行业的系统工程。编制我国天然气利用规划要依据本地区或本行业经济和社会发展规划，深入开展天然气利用市场的调查，从加大能源消费结构的调整力度出发，结合企业深化改革，通过天然气利用工程，积极推进地区和各行业经济增长方式的转变，全面贯彻可持续发展方针。

按照国家计委的《通知》要求，承担中国能源工业重要责任的中国石油天然气集团公司在前些年论证的基础上，提出了全国天然气管道干线框架以及与之相配套的局部管网方案，其中就包括 2005 年要建成新疆至上海的东西主干线。

1998 年 7 月 5 日至 6 日，时任中共中央总书记江泽民再次来到塔里木探区进行视察。早在 1990 年 8 月 23 日，江泽民就亲临塔里木探区视察，并为塔里木油田题词：

> 加快塔里木石油勘探开发，为实现国民经济持续稳定发展作出更大贡献。

时隔 8 年，江泽民对塔里木油气勘探仍然牵挂在心。在视察期间，江泽民高兴地在新疆三大油田题词勉励。其中对塔里木油田重新题写了 8 年前的题词。

1998 年 7 月 20 日，再次重组后的中国石油天然气集团公司明确确立了"油气并举"的战略方针，天然气发展开始步入科学发展轨道。

国务院批转工程建议书

朱镕基、吴邦国、温家宝及曾培炎等领导对西气东输作出批示：

要抓紧西气东输的前期研究，力争2000年着手实施。

之后，由国务院办公厅转到国家计委、国家经贸委等部门传阅。

8月29日，中国石油天然气集团公司向国家计委上报了《关于开展天然气西气东输建设项目预可行性研究的请示》（一下简称《请示》）。

《请示》提出：

鉴于西气东输建设项目预可行性研究工作，是一件涉及面广的系统工程，需要有关地方政府的配合和支持，特别是天然气利用项目，必须与输气工程同步进行前期工作，才能使西气东输工程建立在落实的用气项目上。

10月3日，国家计委下发了《关于开展天然气"西气东输"建设项目预可行性研究的批复》，对中国石油天然气集团公司开展西气东输工程的预可行性研究工作，表示同意。

1999年8月21日至23日，中国国际工程咨询公司到塔里木油田考察。

专家们实地考察了克拉2气田后，一致认为：

> 塔里木已经初步具备了作为西气东输资源基地的条件，应该继续加快天然气勘探步伐，加快气藏描述工作，为西气东输做好充分的准备。

12月10日，国家经贸委盛华仁也来到塔里木。

随后，盛华仁在给朱镕基和吴邦国提交的一份关于新疆天然气资源情况的调查报告中，阐明了三点意见：

一、塔里木盆地到2001年累计探明加控制1万亿立方米天然气储量是有把握的。

二、塔里木的天然气作为西气东输的气源是经济合算的。

三、建议国务院专门听取一次汇报，早日对西气东输工程作出决策。

2000年2月14日，春节过后的第一个工作日，时任国务院总理朱镕基主持国务院会议，专门听取西气东输方案汇报。

吴邦国、温家宝以及国家有关各部委负责人参加了会议。

中国石油集团公司向朱镕基汇报了西气东输规划方案，并就有关问题作了详细汇报。

会议强调指出：

> 启动西气东输工程，是把新疆天然气资源变成造福新疆各族人民经济优势的大好事，也是促进沿线10省市区产业结构和能源结构调整、经济效益提高的重要举措，这标志着西气东输工程成为我国继三峡工程之后又一令人瞩目的伟大工程。

会议原则批准实施西气东输工程，要求加快前期准备工作，抓紧可行性研究，加快按基本建设程序报批。

朱镕基指出：

> 西气东输是实施西部大开发战略的序幕，对于我国能源结构调整，推动我国经济发展具有重要意义。

朱镕基还就西气东输的资源、市场和工程方案、对外合作、建设、管理等都作出了重要指示,并宣布立即成立由国家计委牵头的西气东输领导小组。

根据朱镕基在九届人大四次会议上的报告,"十五"期间国家将集中力量建设一批具有战略意义的重大项目。其中,南水北调、西气东输、西电东送、青藏铁路号称"改写中国经济区域版图的四大工程",将在"十五"期间陆续上马。

全国人民无不为这些气魄豪迈的大手笔工程感到精神振奋。

成立输气工程领导小组

2000年3月2日,中国石油天然气集团公司印发《关于成立中国石油天然气集团公司西气东输工程领导小组的通知》。

《通知》中决定:

中油集团公司副总经理、中油股份公司总裁黄炎任组长,中油股份公司副总裁、中油股份公司天然气与管道分公司总经理史兴全,中油股份公司西气东输项目部总经理陈吉庆任副组长。

领导小组成员有中油集团公司规划计划部主任刘海胜、中油集团公司规划总院院长苗承武、中油集团公司国际工程有限公司经理许大坤、中油股份公司天然气与石油管道分公司副总经理李海元、中油股份公司规划计划部副主任刘凯信、中油股份公司财务部副总经理贾亿民。

3月8日,中国石油天然气股份有限公司成立中国石油天然气股份有限公司西气东输工程项目经理部,并明确了项目部的主要任务:

按照西气东输工程总体规划和部署要求，完成好西气东输工程的前期工作、工程建设和运营管理工作。

西气东输工程项目经理部主要职责是：

负责西气东输工程前期工作包括方案论证、预可行性研究及可行性研究报告的编制和项目报批等；工程管理，包括线路选择、初步设计、施工图设计组织、施工现场管理、工程质量监督以及物资采办的组织、项目融资、项目招投标管理等；生产运营管理及市场开发，包括建设与生产运行的衔接协调、运行管理人员和设备管理人员的培训、天然气市场开发、用户单位落实、购气合同签订等。

3月25日，国家计委在北京召开西气东输工程工作第一次会议。

会议宣布：

经国务院批准成立西气东输工程建设领导小组，国家计委副主任张国宝任领导小组组长，中油集团公司总经理马富才、新疆维吾尔自治区人民政府常务副主席张文岳任副组长。

领导小组成员有：时任国家经贸委副主任王万宾、财政部副部长楼继伟、时任国土资源部副部长蒋承崧、建设部副部长赵宝江、外经贸部副部长张祥等。

在这次会议上，时任国家计委主任曾培炎在讲话中，对这项世界级工程的意义进行了详细的阐述。

曾培炎说：

> 西气东输工程对于新疆经济发展，保持新疆地区政治和社会稳定具有重大的战略意义。新疆塔里木、吐哈、准噶尔是西气东输的源头，实施西气东输工程将促进新疆地区天然气资源的勘探开发，把新疆建成全国天然气生产和外输的重要基地，形成带动新疆经济和社会发展新的增长点。
>
> ……

批准可研报告和立项书

2000年5月，专家们完成并上报了科研报告。

6月30日，经过充分准备之后，中油集团公司向国家计委上报了西气东输管道工程项目建议书，请求批准立项。

7月1日，西气东输管道工程可行性研究正式启动。

8月23日，朱镕基主持召开第七十六次总理办公会议，在听取张国宝关于西气东输管道工程项目建议书有关问题的汇报后，原则同意西气东输管道工程项目建议，批准西气东输工程项目立项。

会上，朱镕基对西气东输项目作了重要指示，要求在可行性研究阶段解决三个方面的问题：一是用气问题，要落实用气量；二是利用外资问题；三是后备资源要进一步落实。

9月7日，朱镕基到塔里木油田考察的时候，就西气东输工程发表了重要讲话。

朱镕基说：

最近，江（泽民）总书记在长春召开的座谈会上谈到西部大开发时说，我们的任务是力争用5到10年，在基础设施建设和生态环境改善方面有一个突破性的进展。

　　我想，现在至少可以决定在未来10年里完成两个大的工程。一个是西气东输，把新疆的天然气送到东边去。这个项目不但应该马上启动，而且应该尽快地建成。这是一篇大文章，一个大手笔——要投资1200亿元，其中，管道建设400亿元，配套建设800亿元，建设4000千米管道。这是要在中国的地图上画上浓浓的一笔。

　　现在我们既然定了，就要马上干。

　　目前，这个项目国务院已经决定立项。应该加快可行性研究，加快西气东输建设，更快地产生效益，这样就打响了西部地区大开发的第一炮。

9月14日，国家计委批准了西气东输管道工程项目建议书。

2001年3月5日，全国九届人大四次会议开幕，朱镕基在政府工作报告中向国人告知：

　　西气东输工程被列为国家近期要完成的4个特大型基础建设项目之一。

4月9日，中油集团公司咨询中心对可研报告进行了评估。

5月下旬，中咨公司完成了对可研报告的评估工作，报告经修改后上报到国家计委待批。

8月，国务院办公会批准了该可研报告和项目建议书。

随后，又进行了可行性研究，2001年8月完成并上报了可研报告。

8月15日，这一报告通过专家评审，12月12日，国务院本年度第十七次总理办公会上，研究报告获准通过。

二、勘测设计

- 江泽民批示:"这确实是件大事,希望继续再做点细致工作,确实有把握作出科学的结论。发现这样的油田,真是雪中送炭。对整个国民经济无疑是一个极大的支持。"

- 朱镕基召开总理办公会,专题研究西气东输问题,他要求各部门抓紧工作,最重要的是保证可靠的气源。

- 宋振明说:"不是塔里木盆地没有油,而是我们的装备和技术手段太原始,太落后!"

走进塔里木的勘探者

从1957年开始,中国依靠自己的力量,对塔里木盆地进行勘探,中华人民共和国成立以来培养出的第一批勘探技术人员走向塔里木。

他们当中,年龄最大的只有28岁,而且装备非常简陋。地质队员使用的是地质榔头、罗盘、经纬仪、水准仪和平板仪等。钻探使用的装备有瑞典产的钻机和苏联产的乌德钻机、伯乌钻机。

中国石油人使用这些比发达国家石油公司落后半个世纪的技术装备,面对的是被外国人视为勘探禁区的南天山,他们进行了艰苦卓绝的油气勘探。

1958年8月,南天山山区下了场百年不遇的大暴雨,暴发的山洪将库车县城冲毁。

8月18日,有5名年轻的地质队员在南天山山区吐格尔明、依奇克里克、喀拉玉尔滚遭遇洪水而牺牲。

在吐格尔明勘探的李乃君和杨秀龙遇见洪水冲来的时候,他们躲在山壁的一处岩石下,看见洪水迅速上涨,他俩首先想到的是辛辛苦苦填写好的数据资料的安全。

杨秀龙脱下棉衣裹好资料,塞进岩石缝隙里。洪水将他们俩脚下的岩壁冲塌了,两个人被洪水卷走。

在喀拉玉尔滚工作的周正淦发现他们正填写的地质

地形图被暴风雨卷走，他从避雨的山崖下冲出，奋力追赶图纸，不慎让洪水卷走。

这5名年轻的地质队员，最大的24岁，最小的才19岁。后来，人们在南天山的一处石壁上刻下了烈士的名字。

5名烈士牺牲后的一个月，一部轻型钻机被1436钻井队用人拉肩扛的方式搬迁到南天山山区的依奇克里克1号探井的井位上。

这是牺牲的戴健、李越人生前所在的114地质队勘探过的地方，他们曾用两年时间对这个含油气构造进行普查和详查细测，并提出进行钻探的建议。

10月9日，第一个油田依奇克里克油田的1号井出油，日产原油140多立方米。这是塔里木盆地油气勘探史上第一口获得工业油气流的探井。

依奇克里克油田的发现具有重大意义，由此，塔里木盆地蕴藏丰富的油气资源初步得到证实。

油气勘探获得初步突破，而且是中国石油人完全依靠自己的力量实现这一突破的。

勘探队伍逐渐由南天山向西转移，经帕米尔高原，来到昆仑山前。

1977年5月17日，昆仑山前的柯克亚1号井喷出高产油气流。初期日产油1300多立方米，天然气260万立方米。

又过了一年半时间，同在柯克亚这块地方，柯10号井也开始出油，初期日产油2540立方米，天然气200万立方米。

1978年，石油部组织塔里木盆地勘探会战，派出由时任石油部副部长李敬挂帅的南疆会战领导小组，到昆仑山下一线指挥。

1979年7月，时任石油部部长宋振明率队到塔里木探区调研，他乘车翻越天山，沿南天山山前一路考察，走了一个马蹄形，20多天后来到昆仑山下的柯克亚油气田。

当时，宋振明面对塔里木盆地，说出一个令人难堪却又不得不承认的现实：

> 不是塔里木盆地没有油，而是我们的装备和技术手段太原始，太落后！

1982年，石油部决定，引进美国的勘探技术，对塔里木盆地进行大规模的地球物理勘探。与美国地球物理服务公司签订了合作开展塔里木盆地地球物理勘探合同。准备工作到1983年5月底全部完成。

随后，3支中美合作地震队从塔里木盆地北部渡过塔里木河向沙漠腹地进发。

到1986年，完成了对塔克拉玛干沙漠南北穿越13次，东西穿越9次，完成地震沿线1.6万公里，重力测线3.1万公里；证实了塔里木盆地"三隆四凹"的构造格局；发现了 200 多个有利构造圈闭，特别是在沙漠腹地发现了 3 个上千平方公里的巨型构造，提供可供钻探的井位 71 口。

1988 年 10 月 11 日，位于轮台县城以南约 50 公里的轮南 2 井钻达井深 5221 米时完钻。

11 月 8 日试油，用 19 毫米油嘴试产，获日产原油 682 立方米，天然气 11 万立方米。

12 月上旬，中国石油天然气总公司党组召开会议，讨论关于加快塔里木盆地油气勘探的议题，决定在 1989 年增加勘探队伍，由总公司直接领导，组织一场高水平、高效益的石油勘探开发会战。

12 月 19 日，党组书记、总经理王涛签发了中国石油天然气总公司呈送给党中央、国务院的《关于加快塔里木盆地油气勘探的报告》。

党中央、国务院很快批准了这个报告。

1989 年 4 月 10 日，塔里木石油勘探开发指挥部在新疆库尔勒成立。

10 月 19 日，位于塔克拉玛干沙漠腹地的塔中 1 井在中途测试中获得高产油气流，日产油 576 立方米，天然气 34 万立方米。

中国石油天然气总公司将关于塔中 1 井获高产油气流的简报呈送党中央、国务院。

江泽民阅后批示：

这确实是件大事，希望继续再做点细致工作，确实有把握作出科学的结论。发现这样的油田，真是雪中送炭。对整个国民经济无疑是一个极大的支持。

时任国务院总理李鹏阅后批示：

谨向石油战线上的同志们表示热烈的祝贺！

1993年，在库车坳南缘的轮台凸起发现了牙哈凝析气田，探明油气当量为8118万吨。地质科研人员经过研究发现，这些巨大油气是从南天山山前的库车凹陷运移来的。

1995年，塔里木石油勘探开发指挥部提出了"四个并举"的勘探方针，即油气并举、克拉通盆地与前陆盆地的勘探并举、海相古生界与陆相中新生界的勘探并举、构造油气田与非构造油气田的勘探并举。

掀起勘探科技攻关高潮

1994年至1996年，勘探陷入前所未有的失利境地。会战指挥部毅然决定：

大打勘探进攻仗，对南天山山前开展大规模的科技攻坚，连续攻坚到2000个，不攻下南天山勘探难题绝不收兵！

1997年4月16日，会战指挥部召开了科技攻关誓师大会。指挥邱中建作为这场战役的主帅，下达攻关战役动员令：

下大决心，集中优势兵力，集中各方面的优秀人才，攻克"前陆盆地高陡构造油气藏勘探"这道世界级难题。

1998年元旦刚过，克拉2井出现异常情况，井钻到3053米至3063米井段，井上综合录井仪出现气测显示，泥浆槽面出现气泡，集气可燃。

会战指挥部立即决定对克拉2井进行中途测试。1月20日，克拉2井测试放喷。在南天山地层深处潜伏了亿万年的"气老虎"在农历虎年到来的前夕，咆哮出世。

就在克拉2井中途测试获重大发现不久，南天山山前喜讯不断。玛2井、玛4井、玛3井、玛5井、玛401井均获高产天然气流。

时任上海市市长徐匡迪希望中国石油能早日给上海每年提供300亿立方米的天然气，以解决上海环境污染日益严重的问题。

从1989年至1997年，塔里木盆地已经探明天然气地质储量1500多亿立方米，再加上1998年9月17日克拉2气田的天然气控制储量和沙漠腹地玛扎塔格山前的和田河气田，找到的天然气储量已经逼近5000亿立方米的目标。

中央领导关注能源勘探

20世纪80年代末,塔里木盆地掀起一轮油气勘探会战高潮之初,党中央、国务院就密切关注油气勘探会战的每一重大进程。

在15年中,江泽民、李鹏、朱镕基、乔石、吴邦国、尉健行、温家宝、曾庆红等20多位中央领导人先后到塔里木探区考察。

1988年,还是上海市市长的朱镕基随李鹏到塔里木来考察,看望了南疆石油勘探公司和石油物探局驻塔里木的勘探队伍,并到库南1井看望井队职工。

1989年1月13日,李鹏专门听取中国石油高层关于塔里木盆地油气勘探和工作部署的汇报,对工作部署、总的工作方针、资金筹集等7个方面的问题作了明确指示。

4月,中国石油天然气总公司成立了塔里木石油勘探开发指挥部,作为总公司派出机构,领导和指挥一场油气勘探会战。

总经理王涛说:

这是贯彻党中央、国务院"稳定东部,发展西部"战略方针的一次战略性行动。

1990年8月23日，正在下着霏霏细雨，江泽民来到钻塔林立的轮南探区。

江泽民到探井上看望干部、工人和刚毕业就奔赴塔里木石油探区的大学生们。

在探区一间简陋的会议室里，江泽民听取勘探情况汇报之后发表了重要讲话：

当前，国际上中东地区形势很严峻，从中可以看出，石油对一个国家的重要性实在是太大了！

石油无论对于发达国家，还是不发达国家，都是一种经济的生命线，是一种十分重要的战略资源。尽管还有其他多种能源，但都不可能代替石油。

江泽民谈起国内石油工业情况，他说：

依靠东部的老油区，包括大庆、胜利、中原、华北等等，来维持现在的产量水平，已经很吃力了。

因为这些油区的大多数主力油田，已经陆续进入产量递减时期，而且油层大量注水，产品质量受到很大的影响。

今年（1990年）初我到大庆，听说每注五到六吨水才能生产一吨油。王涛同志给我讲，预计明年（1991年）全国原油生产大体上只能与今年（1990年）持平。中央领导非常着急。

正因为这样，我们听到塔里木盆地石油勘探取得了重大进展，大家翘首盼望，非常高兴。

江泽民还说：

这个地区地下情况比较复杂，工作要做得非常扎实，希望你们再接再厉，继续努力，争取明年（1991年）年底交出一个令人兴奋的成果来。

此后，江泽民一直关心塔里木油气勘探的进展，经常听取中国石油高层的汇报。江泽民说："塔里木地下六七千米，允许有挫折。"

1991年年初，李鹏指示中国银行贷款12亿美元给中国石油，用于支持塔里木油气勘探会战。

1995年9月13日，时任国务院副总理朱镕基到新疆考察工作期间，在乌鲁木齐听取中国石油天然气总公司副总经理兼塔里木石油勘探会战指挥部指挥邱中建的汇报。

邱中建在汇报中说："塔里木会战以来，投入勘探费用65亿元，探明石油和天然气储量近4亿吨。"

朱镕基非常高兴，他说：

6年投入勘探费用65个亿划得来，投入得不是很多。当然我不是说你们就不要节约了。从战略上看，投入65个亿不算多。这么大的战略资源，这么艰苦的条件，这么大的盆地面积，投入了65个亿不算多。认识这个盆地是要花时间的。现在有了一个初步认识。你们很辛苦，作了很大的贡献！

1996年，时任国务院副总理吴邦国来到塔里木油气探区。他当时对邱中建说：

我这次来主要是看油田。大庆等油田这些年作了很大贡献，但再稳产15年后怎么办？自然规律不可抗拒，总的趋势是越来越少。我们必须找到战略接替油田。你们要挑起这副担子。

1998年7月5日，江泽民参加完在哈萨克斯坦首都阿拉木图召开的上海合作组织五国首脑会议后，再次来到塔里木考察。

当晚，江泽民与中国石油总经理马富才、会战指挥部负责人邱中建等亲切交谈。

邱中建在汇报中又一次提到塔里木天然气问题。江泽民说：

> 石油和天然气是我们梦寐以求的资源。现在这里像点天灯似的一年烧掉7亿立方米天然气，烧得让人心疼啊！

江泽民指示中国石油，要研究塔里木的管道输送问题。

2000年，在九届人大三次会议上，有人大代表提出这样的问题："塔里木盆地的天然气资源落实了吗？会不会重演当年'川气出川'的悲剧？"

朱镕基深感责任重大，1月28日，他在中南海主持召开有15名国有企业代表参加的座谈会，讨论政府工作报告时，就仔细听取关于天然气资源情况汇报。

2月14日，朱镕基又召开总理办公会，专题研究西气东输问题，他要求各部门抓紧工作，最重要的是保证可靠的气源。

同年9月，在国家计委批准西气东输立项建议书前夕，朱镕基来到塔里木油田考察，实地了解天然气资源情况。

在轮南油田会议室，朱镕基听完汇报后，发表了重要讲话。谈到西气东输工程，朱镕基说：

现在，对这个项目，国务院已经批准立项。目前还有些同志担心西气东输工程不要变成川气出川。四川那时候不是要把气送出来吗？但最后没气了，川气没能出川。

这次通过考察，根据国务院的讨论，今天我们又亲眼看到，我认为西气东输不会有当年川气出川的命运，是比较落实的。

这个项目不但应该马上启动，而且应该尽快建成……

2002年8月27日，吴邦国第二次到塔里木油田考察，他一下飞机稍事休息后，就马上驱车到位于新疆库尔勒市以北的莲花源西气东输工程新疆段施工现场考察。

回到塔里木油田本部，吴邦国听完汇报后，他对新疆三大油田的负责人说：

我这次来主要是看两个，一个看西气东输工程建设情况，一个是看天然气田。石油，从经济安全来讲是一个很突出、很大的问题。前年我们国家进口7000吨石油。东部地区，现在看来稳产是很难的。大庆油田每年产量下降150万吨，辽河油田要稳难，胜利油田要稳也难。整个东部情况看来，我们提出"稳定东部"，要稳住就不简单了。

专家们预测，2005年我国石油进口量将超过1亿吨。而实际上，这一天提前到来了。

吴邦国向与会的中国石油人提出："出路在哪里呢？"这也是共和国决策者们日夜思考的一个重大问题。

吴邦国说："出路在西部。"他在谈到西气东输工程时说：

> 西气东输最根本的是气源，这要靠塔里木，如果没有充足的气源，别的无从谈起。如果没有充足的天然气资源，这会影响到全局，影响到西部大开发战略决策！

吴邦国要求塔里木要多找大油气田，要把这些油气田建设为一流水平。

塔里木盆地成为西气之源

从20世纪80年代以来,中国对塔里木盆地共进行过5次勘探。

1984年,南疆石油勘探指挥部地质研究所开始编写《塔里木盆地油气资源评价》,研究人员主要依据截至1984年年底以前的地质调查、重磁力、航磁、地震,及1952年至1984年在44个构造和地区钻探的160口探井资料,依奇克里克、柯克亚、雅克拉等3个油气田的资料,使用排聚系数法、沉积岩体积法、沉积岩体积速度法等3种方法,分别计算出3个油气田的油气资源量。

第二次,国家石油部为了争取在国家"七五"计划期间在塔里木盆地获得重大突破,决定由新疆石油局、石油物探局和北京石油勘探开发科学研究院联合组建塔里木综合研究队,计有61人参加攻关。

到1986年6月,完成《塔里木盆地油气资源评价》。

1992年,中国石油天然气总公司召开第二次全国油气资源评价工作会议。

根据会议要求,塔里木石油勘探开发指挥部地质研究大队和北京石油勘探开发科学研究院联合进行塔里木油气资源评价工作。

到1994年3月,完成《塔里木盆地油气资源评价》

报告。

1995年，塔里木石油勘探开发指挥部研究中心编制了《塔里木盆地油气资源评价》，主要内容和结果与1994年的资源评价结果相同，增添了对1986年、1994年两次评价结果的分析。

而最新的一次资源评价开始于2000年，由塔里木油田分公司勘探开发研究院承担，到2002年年底完成。

这次评价工作做得比较细密，技术手段也有了很大进步，而塔里木盆地油气勘探深度和广度与前几次均不可同日而语。

这次评价的一个鲜明特点是，第一次指出：塔里木盆地通过现有技术手段可探明的油气储量分别为，石油60亿吨，天然气8.4万亿立方米。

这样，经过50多年的油气勘探，人们对塔里木盆地的认识也经过了多次反复过程，逐渐看到，它不仅是一个面积巨大、油气蕴藏非常丰富的盆地，而且认识到它是一个极为复杂的大型叠合、复合型盆地，使得油气分布规律变得非常复杂。

在长期勘探实践中，大家提出了一系列难题：多期、多源混合油气源的识别问题，碳酸盐岩非均质洞缝储层的横向预测问题，地震速度变化很大条件下的变速成构造图问题，以及沙漠勘探的一系列技术难题。

1997年至2000年的科技攻坚战役，使得部分勘探技术难题获得突破，南天山山前天然气勘探随即得到突破。

通过勘探大家知道，塔里木盆地油气大场的出现，总是以勘探技术上的重大突破为重要前提的。

由于塔里木盆地地质情况复杂，油气埋藏较深，给地震、钻井、试油和油气开发带来一系列世界级难题。勘探上的科技攻关是一个长期而又艰辛的过程，决定了塔里木盆地油气勘探的长期性、艰难性，很难像东部地区勘探那样容易。

地质家们看到，塔里木油气勘探出现一个普遍现象，所有获得重大发现的探井，都喷出大量的天然气。

人们将塔里木盆地这一现象归纳为"满盆气，半盆油"。

这一现象得到勘探的一再证实。

塔里木盆地东部是勘探投入工作量很少的地区，但后来也有几口探井获得高产天然气流。

塔里木盆地作为西气东输主力源地，天然气现实的资源基础是雄厚的，远景也非常广阔。

西气之源的落实，给西气东输这个巨大的富民工程奠定了坚实的基础。

三、施工建设

- 江泽民在贺信中指出："希望沿线各省区市党委和政府、参与工程建设的全体员工，精心组织，加强协作，群策群力，科学施工，把西气东输工程建成一流工程。"

- 张德民说："想象的不如现场见到的难，只有看到难，干起来才简单。"

完成管线穿越淮河壮举

2001年9月20日,在淮河岸边,伫立着一支身着蓝色工装的管道队伍和一台巨型水平定向钻机,这就是中国石油天然气管道三公司穿越公司的RB-5水平定向钻机。这一天,他们开始了穿越淮河的壮举。

作为西气东输工程第一穿,淮河穿越工程穿越长度998米,深度26.2米。如此大口径、大厚壁管材的长距离穿越在国内尚属首次,成功与否对全线起着关键性的作用。

淮河穿越地质情况非常复杂,沙层、胶泥夹杂着石头,对穿越造成很大困难,容易造成塌方、泥包钻具、卡钻等情况。

针对这些情况,管道三公司淮河穿越项目部做了充分准备,制定了先进的施工工艺和周密的技术措施。

穿越一打响就不能停机,参战职工昼夜不停地施工,风雨无阻。

终于,2001年11月22日,当国家计委西气东输领导小组办公室负责人、中油集团公司总经理助理谢志强,中国石油管道局局长、党委书记苏士峰,西气东输管道分公司工程处处长郭宝山,各路记者和四面八方赶来的老乡300多人云集位于安徽淮远县境的穿越现场,将目光和镜头对准庞大的、号称亚洲第一的 RB–5 机时，20 筒礼花对准了空中，6 挂 3 万响的鞭炮挂在出土点两侧，一瓶瓶香槟酒在职工手中开启，军乐队手握乐器，人们都在屏息等待着激动人心的那一刻。

14 时，随着定向钻缓缓拖出了巨大的扩孔器，后面紧跟着 1016 经 26.2 毫米主管露出，在场的所有人不约而同发出了欢呼声。

礼花飞向了天空，鞭炮声响彻在淮河岸边，军乐队高奏欢庆乐曲，香槟酒喷洒在刚刚露出的管子和人们的身上，人们举起酒杯互相庆贺这一胜利。

14 时 30 分，管道局在现场召开庆祝表彰大会。为表彰功勋的创造者，管道三公司穿越公司被管道局授予"功勋穿越公司"称号，声名显赫的 RB–5 钻机也被命名为"功勋钻机"。

淮河穿越任务圆满完成后，功勋穿越公司又承担了西气东输工程中 10 条大中型河流的穿越施工任务，加上支援 25 标段 3 条穿越，共计穿越 16 次。

担任管线焊接的穿越二处和化建三处职工，夏季顶着近 40 度的高温酷暑挥汗如雨坚持作业。

炊事员孙亮每天要做 7 次饭，一天工作 10 多个小时，一个多月体重减少 5 公斤多。

司机毕玉敏开的吉普车上没有空调，盛夏季节每天跑工地 10 多趟。

土地协调员吕泽彬起早贪黑与当地政府和农民在一

起，做工作，交朋友，保证了工程用地。

功勋穿越公司移师安徽，并在那里成功穿越了两条河流。

在4000公里的西气东输工程中，大、中、小500多条河流，是制约整个西气东输工程顺利推进的巨大障碍，其穿越方法决定着施工质量。

功勋钻机发挥了施工周期短、快捷方便、无污染，不影响航运和生产、生活等特点，在各个战场战无不胜。

接着，功勋钻机又打回黄河穿越现场，实施水平定向穿越黄河的后备方案。

大港公司打出队伍雄风

大港工程建设公司未能参与世纪工程西气东输主干线的建设。对此，这个公司所有人都在心里憋足了一口气。当西气东输支干线工程招标竞争时，这家公司全力以赴夺得了定远至合肥支干线的独家建设资格。

定合支干线虽然管径只有 400 公里，但对决心打出队伍雄风的大港工程建设公司来说，毕竟也算有了一个舞台。

定远当地属干旱地区，地下 3 至 5 米处无水。没想到开工时，当地在一场 50 年未遇的大雪后，接连几个月，降雨就没有间断过。

安徽地面土黏，一下雨就是厚厚的泥泞，员工们穿着工鞋走几步，脚跟就会积五六寸厚的泥，工鞋的鞋跟掉在泥泞里是常事，汽车新轮胎不到一个月就磨平。

由于土质结构密实性强，渗透率差，施工人员和施工设备在 120 多天里，处在一尺多深的泥泞雨水之中。

由于连日大雨，导致河流、池塘水位上涨，面积加宽，许多不是水塘的低洼地也变成了水塘。

泥泞的现场使设备超负荷工作，故障率、维修率增高，利用率下降。

由于道路和作业带泥泞，施工机组和运输车辆经常陷在泥泞的水坑中。

电焊工穿着像渔民一样的防水套装，躺在泥污中打火点焊，挖掘机沉在水中挖沟。

大港公司根据小雨多、雾气大、空气湿度高等实际情况，采取了相应的对策：小雨继续干，中雨等等看，雨后接着干。

为了防潮，焊工添加防风棚，购置遮雨伞，把作业焊接区尽量封闭，并增加烘烤时间。

泥泞路滑，行进缓慢，各机组增加挖掘机、推土机，制作改装运管爬犁，克服困难，保证布管不影响焊接作业。

作业环境恶劣，设备事故率、维修率在不断增加。

为此，大港工程建设公司项目部制订了应急方案：如遇到现场不能处理的重大设备故障，严重影响进度和施工要求，项目部就统一指挥协调各施工机组的运装机具，并做到"三快一抢"，即决策快、调运快、就位快、抢修理，把由于机械故障造成的施工损失降到最低。

为了尽可能把管线拉运到工地，司机们垫铺整修了多条进场路，并把每车拉运管线的数量减少。

不断的降雨，使大地一片泥泞，小沟汇成了小河，小水坑积成了池塘。施工的成本增加了，但队伍的士气很旺，西气东输主干线没有能干上，支干线不允许败下阵来。队伍中洋溢着一股超常的凝聚力。

因降雨延误的工期，在泥泞中挣扎着可以一天天地被补回来。但是，因质量事故造成的损失是补不回来的，所以，外方监理几天就来现场检查一次。监理在刚开工时就提出焊缝外观成型问题。

项目部针对焊道偏窄，3点、9点位焊封余高偏低，个别焊口存在低于母材等现象，他们总结了可行措施。

一是适当控制焊速；二是层间清根时，在保证清根质量的前提下，尽可能减少此位置的清根深度；三是在立焊位上，在填充焊时先焊一段，立焊位置等于是两次填充，保证了此位置余高在0.5毫米以上。这样做使焊接无损探伤一次合格率达到98%。

外方监理丹尼斯来检查时，他提出了焊接内咬边的问题。

丹尼斯通过观察，帮助大家分析内咬边产生的原因，项目部及时组织机组开展质量分析，组织根焊焊工交流，定出措施：调整组对钝边和组对间隙，调整根焊参数，调整焊接手法，注意焊条要与管子垂直，注意控制焊接速，为焊工创造较好的施焊条件。

通过以上措施，内咬边问题得到有效控制。

6月21日，定合支干线全部收焊。

三机组焊接1804道焊口，一次合格率最高达98.24%；一机组6月8日完成全部1752道焊口，一次合格率达到97.09%；二机组6月13日完成本机组1765道焊口，一次合格率达97.09%；土建机组在预制压块和阀室施工中成绩突出，在"豫皖杯"劳动竞赛中评为优秀阀室。

范文海、刘会云、李增滨、程宪海、周建国、孙立权和杜友军等机组焊接质量一次合格率均达到近乎完美的优秀成绩。

西气东输工程共有南京至芜湖、常州至长兴、定远至合肥三支干线，由大港公司负责施工的定合支干线率先收焊。

大港公司的 HSE 管理部设立了两名专职 HSE 管理人员，每个机组配备专职 HSE 监督员，形成三级管理体系，两名有经验的医生负责员工健康管理。

大港公司项目部高标准地编制了 HSE 程序文件和"两书一表"等 7 个 HSE 体系管理文件。"两书一表"内容规范全面，可操作性强。

工程开工前，大港公司项目部抽调 14 名成员组织危害识别小组，根据定合支干线沿线地区踏线情况、当地水文资料以及管道施工特点，共识别出 110 项危害，评价出 10 项重大危害因素，并逐项制定了风险削减和控制措施。

大港公司对营地建设进行了大量的投入。营地配备了空调、电暖气、电褥等取暖设施，各机组食堂都配备了生熟食冰箱、消毒柜、消毒灯。

食堂分设操作间、贮藏室和餐厅，厨师都取得了健康证，食堂都在当地办理了卫生许可证，饮用水都经过化验。项目部还制定了营地、宿舍、食堂卫生保证措施、消毒制度，食堂每餐4菜1汤。

大港公司项目部建有医疗室。医生定期到各机组巡诊。各机组现场都配备了急救药箱，司机都有急救包。在抗非典时期，营地每日消毒，室内空气净化。项目部还同定远县、肥东县人民医院签订了医疗急救协议。

豫皖管理处也常来定合支干线工地检查。郑州监理分部外方监理哈瑞检查后说：

> 大港HSE工作干得这么好，我快要失业了。我回去要把大港情况汇报给北京监理总部斯考特先生，请他向中国石油汇报，让其他单位向大港油建学习。

决战苏浙沪段工程

2001年9月28日,西气东输苏沪段根据总体安排,率先试验开工。

西气东输苏沪段集中了15支经验丰富的参建队伍,施工高峰时期投入3500多人、1750多套设备。

西气东输管道从西北荒漠延伸到东海滨,宛如一条巨大的气龙,气龙的尾部穿行于江苏至上海,这里正是长江三角洲经济发达地区,人口稠密,交通便利,但水网密集,河、渠、湖、塘纵横,土质松软,管线需多次穿越水网、公路、铁路等。

有专家指出,西气东输建设具有五大难题,其中江南水网之难和长江之险都集中在苏浙沪段。

苏浙沪管理处处长王小平自有一套应对这两大难题的办法,他说:"作为西气东输管道公司的派出机构,我们坚持做到业主应该管的要管好,其他部门应该管的配合好,凡是公司未覆盖到的管理处全包。实现工程'无缝化'管理。"

万事开头难,苏浙沪管理处首先围绕施工许可所涉及的规划、用地,河流、公路、铁路穿越等有关批准手续开展地方协调工作。

他们主动同政府各相关部门接触,先后与江苏至上海段内省、市、县、镇各级政府取得联系，建立苏沪段各级政府联系网，营造了有利的工作环境。

随着工程的推进，相关批准手续环节不断增加，苏浙沪管理处领导利用一切机会登门拜访各级计委及有关部门，解决各类问题。同时，抽调人力成立管理科，负责落实规划许可取证工作。

在解决设计中，棘手的事就是提出的线路走向与地方规划多处冲突的矛盾。

江南是鱼米之乡，地肥水美，经济发达，但是地方关系比较复杂，给施工带来了许多麻烦。

针对规划区不断膨胀的实际情况，本着既要保证管线顺直，又要考虑地方经济发展的原则，由苏浙沪管理处牵头，带领西气东输管道公司技术处、征地办、设计和施工单位代表，遇到一处谈一处，具体问题具体对待。

经过和沿线13个县、市、区，55个乡镇的全面接触和艰难谈判，终于在江南水乡苏浙沪落实了合理的工程红线图。

公司、苏浙沪管理处和施工单位三方实行"无缝化"合作，开工一年来，他们走遍了沿线13个市、县、区，55个乡镇，签订各类协议130多个，基本保证了17个机组全部入场破土动工。

为推广苏浙沪管理处和江苏省的做法，国家计委于2002年1月在常州召开"西气东输工程江苏省现场经验介绍会"，对试验段的组织协调工作给予了高度评价。

苏浙沪管理处以"工程宏伟，责任重大"鞭策自己，以"廉正、敬业、科学、团结"八字方针建设队伍，人人争当西气东输建设排头兵。处领导从基础工作入手，建立起一套行之有效的规章制度，形成了完善的工程管理体系。

管理处拥有20多名干部职工。围绕施工目标，全处心往一处想，劲往一处使，克服工程任务重、头绪多、人手少等不利因素，一个人顶几个人用。

管理科跑地方，工程科跑现场，办公室管接待，大家起早贪黑，加班加点是家常便饭。

工期紧张时，没有几个人能做到按时休假，好多人四个多月才回一次家。

暑假时，就有许多想念爸爸的孩子来到工程一线。尽管如此，孩子们与爸爸也见不上几面，因为大人们实在太忙了。

9月份，全部工作重点转入攻坚克难的阶段，管理处领导也变"遥控"为"蹲点"，分头驻扎到标段，在施工一线现场办公，大大加强了工作力度。

在全面深入了解国际长输管道施工技术与管理现状的基础上，胜利油建公司主动邀请美国CRC、意大利PWT等国际知名工程公司前来进行技术交流，及时与欧洲共同体焊接认证机构在亚洲唯一的授权单位哈尔滨焊接培训中心联系，抽出108名优秀焊工进行封闭式取证培训，取得EN287这一国际通用的长输管道施工半自动和手工下向焊焊接操作资格证。

其后，又有数百人取得西气东输管道施工专用的自保焊、连头焊、STT 根焊等相关焊接上岗证书。

他们主动参加管道局等单位举办的各种技术研讨会、设备咨询会和方案论证会 20 余次，并积极表达强烈的参与意愿，宣传自身形象与实力。

胜利油建公司针对竞争对手纷纷拿出巨额资金大肆购置先进装备的严峻现实，他们多方争取到近亿元资金购置了美国林肯半自动焊机、内焊机、弯管机、大吨位吊管机等西气东输施工必备的关键性设备。

同时，他们加快了原有设备的技术改造步伐，制作了环形火焰加热器等一批专用机具，突出了长输管道施工技术装备优势。

胜利油建中标施工的 26 标段属于典型的江南水网地貌。横跨无锡和苏州两市、总长不足 70 公里的线路，共需穿越大小河流 129 条，铁路和等级以上公路 195 条，各种养殖池塘 85 处，其中大开挖河流最宽的达 291 米，连片池塘最长的达 663 米，真是困难重重。

尤其是高速公路和铁路涵洞高度多在 2.8 米以下，制约了大型设备进场和转场，有时将一根管材从堆管场倒运至施工现场，就需要先用单管运输车拉，再用水上浮箱运，最后用湿地爬犁拖进去。

公司参战人员一方面结合浅海海底管道施工工艺制订实施水网施工方案；一方面发动职工集思广益，创新攻关，克服了一个个技术难关。

在26标段，由于稻田地承载能力低，管线无法采用常规的联合下沟方式，他们运用应力模型分析软件，对管线下沟的全过程进行模拟分析，率先提出利用"人"字形开挖机械沉管法解决淤泥流沙地段管线下沟难点，并在2月9日的先导性试验中实现了一次成功，为整个江南水网段管线下沟扫清了技术障碍。

面对连片池塘地段的管线下沟难题，他们借鉴以往滩海管线施工经验，提出了漂浮法下沟方案，收到了以水治水的奇效。

面对河面较宽的不通航河流，他们采用钢板桩围堰"人"字形挖沟配合漂浮法下沟的穿越方法，在穿越90余米宽、漂浮长度达350米的夏河时，他们仅用40小时的时间，就实现了漂浮、开挖、下沟、回填、撤堰、进水一次成功。

对通航河流，则创造性地采用了水下挖沟方法：挖掘机在驳载体上挖沟作业，专业潜水员携带水下摄像机检测管沟成形情况，水下开挖成形后，管段漂浮就位，再沉管下沟。

工程一队是共青团中央命名的"全国杰出青年文明号"之一，被誉为"永不卷刃的尖刀"。但他们没有被以往的辉煌遮住前进的视线，而是面对迥异于滩浅海施工的水网地貌，更感到了自身所肩负的责任。

于是，一场以"争星夺旗创优"竞赛、合理化建议和小改小革为主要内容的系列活动，在党员、群众队伍中广泛展开了。近百项小改小革与合理化建议，在设备材料频繁的运输转场、泥水地段管道下沟连头等关键施工环节发挥了不可替代的作用。

在水网地带，大型吊装设备进不了泥泞的现场，他们巧妙地将气囊技术运用到焊接组队之中，而后继续扩大其应用范围，在水网乃至山区地段管材的顶升、转动、滑移中运用自如，不但省时、省力、省设备，还起到了保护管线防腐层的作用，成为具有"胜利"特色的一大创举。

他们还利用自制的浮箱拼装成驳载体解决管线运输难题等等，这些来自一线的"绝招"，不但有效地保证了施工需要，也极大地丰富了管道施工的办法。

7标段的管线从苏州穿越十字洋河后，沿沪宁高速公路北侧奔至陆慕镇，穿越沪宁高速公路、312国道、京沪铁路后，沿沪宁高速公路南侧到唯亭镇，向东南穿越吴淞江后至昆山张浦镇，经千灯镇、石浦镇出苏州地区入上海境内的赵屯镇，最后到达白鹤镇西气东输末站。

管道二公司面对如此艰难的标段，他们信心百倍，踊跃参与竞标。

公司经理李文东语气铿锵：

> 我们是管道建设队伍中的劲旅，也是西气东输工程建设的主力军。在苏丹、涩宁兰和兰

成渝，不管工程多么困难，我们从没有打过败仗。在兰成渝，千难万险的马家大山都被我们征服了，苏州的水网，我们也一定能够踏平！

2001年9月19日，27标段各项准备工作全部就绪，中油集团公司总经理马富才、总经理助理谢志强、中油股份有限公司副总裁史兴全等高层领导来到现场视察，对管道二公司的准备工作给予了高度评价。

28日，27标段举行隆重的试验段开工典礼，管道局局长苏士峰等领导出席典礼仪式。

众多领导都对二公司寄予厚望，使广大参战职工深深意识到自身肩负的重大责任和历史使命，更加坚定了完成任务的信心和决心。

2002年4月5日，谢志强再次深入27标段视察，详细了解施工进展情况，询问工作中的难点和棘手问题，在苏州唯亭镇听取施工汇报。

谢志强要求必须抓紧有利时机，在雨季前抢完主体。

根据领导的要求，27标段项目部再次调整施工计划，各项工作全面提前。

李文东深入各机组驻守，和一线职工共同研究新方案，制定出"三上三下"的工作方针和抢工原则。

2002年春节以来，先后莅临27标段视察的领导还有中国石油管道局局长苏士峰和副局长马骅、西气东输管道公司原总经理陈吉庆、中油股份公司天然气板块领导李海元、西气东输管道公司总经理黄维和等。

取得 27 标段的施工权以后，管道二公司认真细致地做好人员的准备工作。公司党委提出 32 字工作方针：

> 内强素质、外树形象、统一指挥、步调一致、从严管理、奖惩分明、敢为人先、争创一流。

根据这一方针，公司对焊工进行封闭性培训，在休息日请军队教官对人员进行正规化军训。当时，人人争抢到标段上线的氛围相当浓厚。

为保证人员素质，管道二公司劳动人事部对公司全体职工逐个筛选，从技术水平到思想素质等进行多方面考核，确保投入 27 标段的职工个个都是优秀干将。

27 标段在呈现出"正规军打正战"的局面。他们着装统一，纪律严明，始终保持军事化作风，在当地树立了良好的形象。

他们坚持做到"四个一"，即一顶红色安全帽、一身火红色工装、一张显眼的胸卡、一双黄色翻毛皮靴。由于总是一身红，他们被当地百姓誉为"石油红军"。

施工中，他们充分发扬石油管道人"艰苦为荣、野战为乐"的优良传统，不怕困难，顽强拼搏，以辛勤的汗水铸造了 27 标段的丰碑，谱写了一曲壮丽的战歌。

多少次，管工冒雨在稀泥里挣扎，焊工躺在泥水里焊接。为了工程，从没有人想过退缩。

为集中攻坚"魔鬼禁区"，项目部抽调各施工机组的设备机具，为施工创造良好条件。

承担施工任务的三机组，从 4 月初挺进"禁区"后，每天早出晚归，吃在现场，人停机不停。

机组长邵维民、副机组长季海卫每晚都到下半夜才休息，早上 5 时就出发。

大家心里明白，工期是死的，在这样的地区施工，赶上雨季，无计可施，只能决一死战。

机组全体职工紧紧团结起来，操作手、管工和焊工默契配合，相互协助，齐心协力，人们从情感和行动上建立起"钢铁长城"。

在一个半月的时间内，三机组稳扎稳打，缓步推进，终于打出"禁区"，取得了决定性胜利。

技术员娄利感慨地说："这段经历真是刻骨铭心，我们竟然战胜了那么多困难，简直难以想象！"

27 标段全线试压完毕，"红色劲旅"胜利鸣锣。

当他们告别美丽的江南水乡时，江南人民不会忘记：这支管道大军曾给秀美的江南大地增添了火红的风采。正是因为有了他们的艰苦奋战，西气东输的长龙才得以潜卧大地，满载洁净能源滚滚而来！

江汉公司决战黄淮大地

2002年4月10日14时，在安徽省定远县定城镇，江汉石油工程建设有限公司隆重举行西气东输第23标段A段试验段开焊仪式。

江汉油建中标的是西气东输工程西起淮河东、东至滁州市，途经安徽省怀远、凤阳、定远、滁州4个县的全长125公里的线路，即23标段A段。

在A段开焊仪式上，江汉石油管理局党委书记郭永诚、副局长戴彦爵和西气东输管道公司豫皖管理处、郑州监理分部、定远县领导，以及来自各方面的代表共300余人亲临现场。

现场彩旗猎猎，鞭炮声声，每个参加开焊仪式的江汉油建人都不由得心潮澎湃。

江汉油建的焊工队伍很年轻，他们平均年龄不到30岁，有的机组焊工平均焊龄不到3年，而且大多是从西气东输工程的练兵场直接走上战场的。

但是他们深知，既然干的是世界级的工程，就要自觉与国际管理接轨，就要勇敢地向老油建"告别"。

没有经验，没有借鉴，他们一切都在探索中向前。

一开始，他们果然遇到了很多挫折，有近一半的焊口不合格。这意味着，剩下的85道口，只允许两个道口不合格。

严峻的现实使项目部管理层对半自动焊二机组能否通过百道口考核产生了疑问，有人甚至提出了撤销该机组的建议。

关键时刻，江汉石油管理局局长常子恒亲临江汉油建项目部指导工作，戴彦爵也从千里之外赶到安徽进行现场办公。局工会副主席李福天带着慰问组，把局党委、管理局的关怀送到一线。

面对困难，公司经理张先培提出一个响亮的口号："领导干部要往焦点上贴！"他要求班子成员深入机组，主要领导承包不过关的焊工，不解决问题决不回项目部。

公司党委书记侯建明与每位骨干交心谈心，给大家讲形势、讲任务，鼓劲加油。

项目经理喻卫发带着全自动焊机组、半自动焊6个机组的骨干，到大庆油建、辽河油建的施工标段参观学习。

张先培直接到半自动焊二机组蹲点，他发动大家进行全面整改，对照施工程序找差距，一共找出了30多个问题。

就这样，大家上下一条心，志在必得，终于顺利完成了85道口，经过检测全部合格。

8月11日，江汉油建日焊接管口数突破100道口大关，焊口无损检测一次合格率达到97%。

江汉石油管理局党委、管理局、西气东输管道分公司豫皖管理处分别给他们发来贺电。

位于江苏无锡境内的锡澄运河，是西气东输定向穿越工程中唯一一条地上河，堤内外水平差达两米，穿越曲率半径最小处1200米，穿越段全长436米，管道自重达295吨。

为了确保焊接质量，项目部定期召开质量分析会，对施工中暴露出来的问题和隐患及时改进，并设立焊接、补口、连头专项质量奖。要求焊工严格按照工艺标准施焊。

2002年4月7日，管线穿越正式开始，由于项目部技术人员认真分析穿越地层地质，制定合理的操作工艺参数，他们仅用20多个小时，就圆满完成了导向孔作业。

但是，在4月10日20时，在进行30英寸预扩孔时，钻杆出现丝扣卸不开的现象，两节钻杆的丝扣如同焊接在一起一样。

1个小时过去了，5个小时过去了，凌晨2时，一场大雨突如其来。一身雨水的职工们急了，他们有的提出干脆把钻杆割掉。

大家都拿不定主意。

这时，工程师罗明提出放弃这道丝扣，从下一根钻杆连接处拆卸。

这个提议使大家的思路豁然开朗，尽管已经是早上7时了，但奋战了一夜的职工们顾不得休息，调来单斗车，将入土点挖开，终于在上午9时攻克了这个难题。

4月15日9时，当48英寸扩孔器推进至116米时，出现卡钻现象。

当时，如果不能及时解卡，整个工程将前功尽弃。

江汉油建项目部立即召开现场会，已经在现场风雨不误地与职工们奋战数天的张先培镇定地带领大家统一认识，确定了"钻机在前面顶、70吨吊管机在后面拖"的施工方案。

随后，张先培又和项目部几位领导一起来到职工中给大家鼓气："我们是第一家带着DD330HP钻机进军西气东输的，第一'吃螃蟹'，就要有勇气面对困难。现在，兄弟单位都在盯着我们，我们一定要打出江汉油建人的水平！"

队伍士气一下子高涨起来，4月22日凌晨3时，当52英寸的扩孔器牵引着一条钢铁巨龙破土而出的时候，整个工地沸腾了，职工们兴奋地喷洒着香槟酒，尽情地抒发着心中的喜悦。

夏日的江淮大地，骄阳似火，防风棚里的温度高达七八十度。每焊完一道口，焊士们就像从水中捞出来的一样，浑身透湿。

施工几个月来，在江汉油建项目部，有的职工患病不下火线，有的职工无法处理家中急事大事，但不管遇到多大困难，职工们总是一事当前，奉献在先。

举行西气东输开工典礼

2002年7月4日，经国务院批准，西气东输工程开工典礼仪式在北京隆重举行。

时任中共中央政治局委员、国务院副总理吴邦国出席开工典礼宣布开工并讲话。

时任中共中央政治局常委、国务院总理朱镕基亲切接见参加开工典礼的外国企业家。

早在2001年第四季度，国家就加快了西气东输全面启动步伐，在短短3个月内接连召开了两次国家西气东输工程建设领导小组会议。

2001年9月10日，国家西气东输工程建设领导小组第三次工作会议在上海举行。

时任国家计委副主任、国家西气东输工程建设领导小组组长张国宝主持会议，张国宝在国家西气东输工程建设领导小组第三次会议上指出：

这个项目确实是一个令世界瞩目的伟大工程，也是一个上、中、下游一体化，需要各个部门、各个地方密切配合的复杂工程。

这个工程的建设完全符合江（泽民）总书记提出的"三个代表"的指导思想，是实践江

（泽民）总书记提出的"三个代表"思想的一项具体工作。

前期工作还有一些要进一步抓紧抓细。国家鼓励这个项目要利用外资，这是国务院去年2月14日对西气东输工程制定的方针。我们要在这个项目上更加对外开放。

时任上海市委常委、副市长韩正出席会议并讲话。

西气东输工程自2000年8月经国务院批准立项以来，中国石油天然气股份有限公司在落实天然气储量、工程研究等方面做了大量工作，并在2001年4月30日上报了西气东输工程项目可行性研究报告。

中国国际工程咨询公司对科研报告进行了全面评估。评估认为实施西气东输工程的资源条件已经基本具备，管道工程建设方案比较成熟。

以上海、浙江、江苏、安徽和河南四省一市为天然气消费市场的工作有了新进展。

对外招商工作进展顺利，合营企业框架协议有望近期签署，与外商在合作方式等方面达成原则共识。

会上，国家西气东输工程建设领导小组要求进一步加大项目前期工作的力度和深度，特别是有关压缩机组、储气调峰、安全供气等方面的优化工作，加快下游市场开发，确保西气东输市场落实，用气项目可靠。

2002年2月5日，张国宝在西气东输工程新闻发布会上发表讲话，他说：

为促使西气东输项目尽快实施，吸引外商投资，国家还给予了优惠政策。

国家财政部和税务总局将对财税优惠政策深入研究，支持工程建设。

国家及政府有关部门将一如既往地支持西气东输工程项目，继续努力解决工程实施中出现的各种问题，协助中国石油把这个宏大工程组织建设好，使其早日投产供气，充分发挥经济效益和社会效益。

在西气东输工程开工典礼仪式上，收到了中共中央总书记、国家主席江泽民专门发来的贺信。

江泽民在贺信中指出：

西气东输是一项举世瞩目的宏大工程，是实施西部大开发战略的重要举措。希望沿线各省区市党委和政府、参与工程建设的全体员工，精心组织，加强协作，群策群力，科学施工，把西气东输工程建成一流工程。

朱镕基十分重视和关心西气东输工程的进展情况，

他指出：

> 这项工程不仅能够发挥新疆资源优势，加快新疆经济发展，造福新疆各族人民，而且将有力地带动东、中、西部地区共同发展。西气东输工程要全面对外开放，无论是资源勘探、开发，还是管道建设和用气配套建设，都可以利用外资。

在接见参加开工典礼的外国企业家时，朱镕基表示，欢迎外商参加西气东输工程建设，希望中外双方加强合作，共同努力，完成这项跨世纪的宏伟工程。

吴邦国也发表了重要讲话。

经对外招商，由英荷壳牌、埃克森美孚、俄罗斯天然气工业股份公司等组成的投资集团和中国石油天然气股份有限公司等共同投资建设西气东输工程，中方控股。

西气东输工程西起新疆轮南，途经10个省、自治区、直辖市，全长4000公里，设计年输气量120亿立方米，管道工程投资400多亿元，上、中、下游投资总额约1400多亿元。

西气东输管道工程经过戈壁沙漠、黄土高原、太行山脉，穿过黄河、淮河、长江，是我国当时距离最长、投资最多、输气量最大、施工条件最复杂的输气管道。

自2000年8月国务院批准西气东输工程立项以来，

有关方面在西气东输工程建设领导小组的组织协调下，做了大量深入细致的工作，圆满完成了各项前期准备。西气东输工程的开工建设，标志着西部大开发和能源结构调整又迈出了重大步伐。

　　中央和国家机关有关部委及直属单位，工程沿线省、自治区、直辖市人民政府的负责人，外方合作公司及有关国家驻华使馆的有关人员参加了开工典礼。

　　时任国家发展计划委员会主任、国务院西部地区开发领导小组办公室主任曾培炎，国家发展计划委员会副主任张国宝参加了开工典礼。

　　同日，西气东输工程在塔里木气田、新疆库尔勒、陕西延川黄土塬、江苏无锡新区和上海白鹤镇等5个施工工地同时开工。

　　与主会场相同，分布在东西沿线的5个分会场也是彩旗猎猎，人声鼎沸。

　　10时整，随着西气东输开工庆典奏响序曲，新疆库尔勒市东约30公里莲花湖畔绵延2公里的开工演示作业现场沸腾了！

　　一排排高大的运管车辆疾驰而过，数十台崭新的自动焊车、半自动焊车和70吨吊管机在作业带上一字排开，机器轰鸣，巨臂擎天，中央电视台卫星转播车及时将长输管道机械化一条龙作业的壮观场面传向北京主会场。

　　西气东输新疆段起于塔里木气田轮台县轮南镇，途径轮台县、库尔勒市、鄯善县、哈密市等7个县市，全长995公里，分为5个标段，设首站、四道班、哈密3座压气站，清管站两座，截断阀室座。

沿线经过盐渍土、积水段、粉土、沙漠、戈壁、狭窄地带、石方山山区等地段，穿越孔雀河、两条干渠，两穿铁路，七穿高等级公路，所经地段生态环境脆弱，环境保护要求严格。

承担新疆段开工演示任务的中国石油管道局管道三公司是一支能征善战的管道生力军。在新疆试验段施工中，该公司共计投入9个整建制流水机组，主体队伍558人，施工设备及运输车辆458台套。

2001年9月22日上午，他们高标准为各级领导完成了全自动焊和半自动焊管道施工全过程演示任务，展示了我国管道施工技术的最新成果。

2002年6月底，该公司已完成1标段180公里主体焊接试验施工。其新上马的全自动管道焊接工艺，开创了我国大规模全自动焊应用于工业施工的先河。

与此同时，自豪的大庆油建人在陕北这片热土上，点燃了建设西气东输管道工程陕晋段的第一束焊花——陕西省靖边县小河乡大庆油田石油工程建设有限公司施工现场，西气东输陕晋段开工典礼在这里隆重举行。

西气东输陕晋段，横跨陕西、山西两省，划分为西气东输线路工程第14至19标段，全长675公里，分别由大庆油建、长庆油建、新疆油建、华北油建、四川油建、辽河二建、胜利油建和管道联合体8支队伍承担建设任务，他们都是从事管道建设的佼佼者。

雨天初霁，整个典礼会场洋溢着激情。施工单位的代表们列着整齐的方队，身着醒目整洁的信号服，个个斗志昂扬。两条鲜红的标语亮出了大庆油建人的心声：发扬大庆精神，西气东输工程建设树丰碑；建好西气东输管道工程，展现大庆油建铁军风采。

随着西气东输全线开工一声令下，鞭炮齐放，马达轰鸣，大庆油建的焊工们熟练地拿起焊枪，束束绚丽的焊花飞溅起来，宣告西气东输管道工程陕晋段正式开工了！

在同一时刻的大上海，位于青浦区的西气东输终端白鹤输气末站一片沸腾，西气东输开工典礼上海分会场庆典仪式在龙尾处拉开帷幕。

会场中心的彩虹门后10米开外，即是与大路平行的黑色管道，沿着管道摆开的施工机械设备，吊管机、管道焊接车、防风棚等都被擦拭得亮丽一新。

大型设备后10米外挂着两条15米长红底白字的条幅，左面写着：建设西气东输、引进洁净能源、擦亮祖国蓝天、造福沿线人民；右面写着：中油管道局二公司热烈祝贺西气东输上海段开工。

8个彩色巨型气球挂着10米长白底红字的条幅悬于天空，条幅上写着"与时俱进，创新思维，争雄国内，走向世界"，"建设能源大动脉、为西部大开发作贡献"

等标语。"CNPC 中国石油"及"石油管道二公司"标志随处可见。

10 时 30 分，27 标段项目经理朱怀德向北京汇报表态："我们有信心、有能力在党中央、国务院的领导下，按期、优质、高效地完成施工任务，向党中央和全国人民交上一份合格的答卷。同志们有没有信心？"

现场百余名管道职工回答出一个声音："有！"

开工令下达后，现场音乐骤起，鞭炮齐鸣，气球放飞。管道旁的机械手、管工和电焊工立即开动机器，打火开焊。顷刻间，马达轰鸣，弧光闪烁，蔚为壮观！

10 时，位于江苏无锡市的西气东输江苏段开工现场，彩旗招展，锣鼓喧天。当开工指令从北京传到现场时，12 只七彩礼花弹腾空而起，现场顿时一片欢腾。

10 只直径 1.5 米的彩色气球悬挂高空，上写"中国石化胜利油田职工向江南人民学习致敬"；"逐鹿江南缚长龙，尽显胜利队伍本色"。

施工现场焊花飞溅，幻化出一道道绚丽的彩虹，职工们正在操作着大型机械，将一根根巨型钢管对接在一起。管道像一条黑色长龙在江南水乡的青翠绿色中穿行延伸。

胜利油建中标的标段地处江南水网地带，沟汊纵横，河塘遍布，施工难度极大。该标段西起常州无锡界，东至苏州十字洋河西，总长 68 公里。

自试验段 26 标段正式开工以来，胜利油建牢记一切服务于项目、服务于业主的指导思想，施工中采用国际通用的 P3 软件、EXP 软件，以及该公司自行开发的成本核算软件。对施工难点多、管理难度大的实际，他们响亮地提出了这样的奋斗目标：

  逐鹿江南缚长龙，尽显胜利本色；鏖战水网创国优，再展铁军风采。

  当日上午，按照中油集团公司、中油股份公司统一部署，为西气东输提供主力气源的塔里木气田在南天山山前工区举行了钻探仪式。

  10 时 40 分，塔里木油田领导孙龙德通过卫星传输系统，向正在北京人民大会堂参加西气东输工程开工仪式的中油股份公司总裁黄炎汇报了塔里木气田钻探的准备情况。在黄炎下达统一开工指令后，孙龙德一声"开钻"，伴着现场热烈的掌声和欢呼声，崭新的钻杆旋转着向地层深处钻进。

  当时，塔里木探区汇集了一大批国内外石油界的高水平专家，形成了符合现代勘探规律的勘探开发一体化管理体制，从根本上为塔里木油田油气勘探工作的开展和西气东输上游资源的落实提供了保证。

鏖战陕甘晋段工程

2002年7月4日早晨,大雨一直下个不停。6时30分,华北油建西气东输项目部永坪分部经理高喜文和平时一样,让副经理黄长明与技术员周卓林带着单斗司机,到工地去检查管线封堵情况,防止水流入管内。

7时30分,项目部接到当地水利部门"上游河谷来了特大洪峰"的紧急通知。

项目部立即将险情通知了所有机组,一边转移机械设备,一边采取防范措施。

项目经理张德民部署完毕后,他立即沿永坪川河谷察看洪峰。

从7月2日晚开始,位于延川县上游的子长、永坪等地突降暴雨,降雨量达258毫米,子长县城区水深达1.5米。

特大暴雨形成特大洪峰,顺着清涧河谷狂泻而下,与永坪川河谷交汇于延川县城。两股洪峰合而为一,形成了百年未遇的特大洪灾。

9时10分,洪峰到达延川县城,峰头足有两米多高,就如同一堵水墙一样,洪峰的前沿都是垃圾、树木和杂物。

又过了半个小时,洪水达到了最高峰,水声咆哮着,浑浊的浪头狂卷着一切，裹挟着牲畜、树木等，沿着曲折的河谷翻卷着冲下来。

洪水所到之处，掏空了窑洞，冲垮了桥梁，就连高高的电线上也挂满了杂草。

有一位60多岁的老人望着满地肆虐的洪水，他悲怆地说："我活这么大，还没见过这么大的水！"

黄长明等几人得知洪峰即将到来的消息的时候，永坪川河道的水已经上涨了，水位没过桥面有膝盖深。

他们几个人顺着河谷，手挽着手寻找桥口，摸着桥栏涉水过了河谷。

当高喜文看到自己安排出去的职工平安回来的时候，他禁不住哭了起来。

张德民带车与洪峰抢时间，他们回到项目部营地的时候，洪水已经把项目部包围了。当时，紧靠河道边的围墙基础出现严重塌方。

项目部全体成员为了保卫项目部，保卫身后的城区，他们立即投入到抗洪抢险中。

张德民率领大家冒着大雨，奋不顾身地往塌方处紧急运送沙袋和石块，终于保住了项目部营地。

同时，在建筑工程分部也打响了一场艰苦的保卫战。投资100多万元新建的可移动搅拌站，是50名职工用3个多月修建起来的，那几天设备刚刚调试成功。

大家眼看着洪水漫出了河道，漫过护坡，漫进了工地，都已经浸过搅拌站30多厘米高了。

项目部副经理赵国华和大家用草袋装土堆围堰，他们一个冲锋就用掉了 600 多个草袋，挡住了洪流进一步漫延。

但是，正在清涧河谷附近往黄土塬上倒运管材的 3 名单车司机和 1 名吊车司机，却因为没有通讯信号，接到洪峰的紧急通知后，洪峰随后就赶到了。

洪水来得太猛了，他们来不及把车辆转移到高处，只好先把人员救出来，转眼间车辆已经被洪峰吞没了。

周边地区不断有人员伤亡的消息传来，华北油建项目部的 351 名职工却都安然无恙。

华北油建的大旗依旧飘扬在高高的搅拌站上，车辆撤离孤城，管理局传来了慰问信，生产仍然进行。

洪水直到傍晚才渐渐消退。

洪灾带来的损失是惨重的，大量的材料被洪水冲走了，作业带、管沟、施工便桥被毁无数。

尤其是冷弯管机组和运输机组所在子长县城，水、电、路、通讯全部中断，与外界联系的公路因山体滑坡而堵塞。3 座桥梁垮了两座，幸存的一座也成了危桥，没有县长的特别通行证，任何车辆不得通行。

子长县城区主要道路已经戒严了，只放行紧急运输救灾物资的车辆。整个子长县城成了一座孤城。各机组急需的冷弯管无法外运，运输车辆受困于子长县城。

第二天，陕晋管理处处长陈金龙、公司经理张新生紧急赶到受灾现场，部署抗洪救灾和恢复生产工作。

公司工会的人也来了，给大家带来了慰问金。

当天，项目部安排各施工机组及分包队伍专人值班，全天监视洪水的变化情况，以准备随时应对更大的洪灾。

通过多方努力，出于对国家重点工程的支持，受困于子长的运输车辆终于得到了特别通行证。各机组又得到了急需的管材，生活生产逐渐恢复了正常。

7月8日，一直牵挂前方的华北石油管理局领导特意传来了慰问信，信中说：

> 项目部的同志们精神没有被洪水冲垮，是值得信赖的队伍。

黄河延水关穿越是西气东输工程首次穿越工程，同时也是陕晋线上的制高点。

按照《黄河治理开发规划纲要》，2010年到2020年间，要在延水关下游92公里处，黄河壶口瀑布上游10多公里处修建古贤水库。

延水关黄河隧道位于陕晋大峡谷中部，全长518米。平巷隧道在黄河水下20多米处，于2001年9月18日作为西气东输试验性工程之一正式开工。

由于隧道地质条件复杂，隧道施工过程中先后发生涌水10多次，特大涌水4次，致使工程受阻。

中国石油西气东输管道公司对此极为重视，他们多方调集技术力量，实施攻关。各级领导多次赶赴现场实地检查，督促施工。

同时，邀请资深隧道专家对延水关隧道穿越问题进行研究，明确了"有水必堵，严控爆破"的施工原则。

承担施工任务的中国安能建设公司精心组织，谨慎施工，至2002年12月底，隧道仅剩下10米。

随后，施工人员一鼓作气，于2003年1月8日将隧道全部打通。这是西气东输长江、黄河穿越工程中率先完工的"咽喉"工程，首创输气管道以隧道方式穿越黄河。

2003年3月28日10时，中国石油天然气股份有限公司在甘肃省嘉峪关市举行了西气东输管道工程甘肃段开工仪式。

中共甘肃省委、甘肃省人民政府就西气东输甘肃段开工，向中国石油天然气股份有限公司发出贺信。贺信重申：

> 将全力支持和服务工程建设。

时任甘肃省委常委、常务副省长徐守盛在开工仪式上讲话说：

> 工程建成之日，必将对优化西部地区能源结构、促进经济结构的战略性调整和加快甘肃经济的发展，产生重大而深远的影响。甘肃省

各级政府和有关部门要为工程创造良好的外部环境。

甘肃段整体地形复杂，工程线路长，自然环境恶劣，工作条件艰苦，社会依托差，技术难点多，施工难度相当大。

为保证甘肃段施工按计划运行，中石油给予高度重视，从2001年开始，就着手从队伍招标、工程设计、物资采办运输、技术攻关等各方面进行充分准备。

全部施工单位、千余名士气高昂的工程建设者及时进驻施工现场，开展施工技术规范培训，大家决心高标准、高质量按时完成甘肃段施工，确保西气东输工程2005年1月1日全线贯通。

甘肃省各级政府和沿线群众也对西气东输工程给予大力支持。

甘肃段沿线生态环境非常脆弱。因此，西气东输设计人员对如何保护环境，建设一条绿色管道，视为一项重大课题和一种历史责任。

针对西部的生态环境，设计人员经反复论证，分别采取了相应的保护措施，并要求承包商在制定施工组织方案时予以遵循。

甘宁段全线有7个标段，管道三公司、大庆油建、大庆安装、华北油建、四川油建、胜利油建、江汉油建、辽河一建、辽河二建、管道二公司、管道一公司、管道四公司共计 12 家施工承包商，一家硅管承包商，5 个检测公司，以及北京、大庆、华北和长庆 4 家设计院组成的西气东输设计联合体参加建设。

2003 年 5 月 10 日，中卫黄河特大型跨越主体工程正式动工。

中卫黄河跨越工程是甘宁段的最大工程，也是西气东输节点工程之一。

工程中，业主、监理、施工方密切配合，制定了整体对称、分遍分层焊接、降低焊接内应力的钢桁架施工作业措施及钢桁架整体、垂直吊装施工方案。

经过大家艰苦努力，在经受了黄河主汛期的考验后，中卫黄河跨越主体工程胜利完工。

中卫黄河跨越的胜利贯通，标志着西气东输在黄河上的三个控制点全部攻破，为全线按期投产奠定了基础。

西气东输难在"三山五越，一塬一网"，15 标段就享有"一越一塬"，即延水关黄河穿越和陕北黄土塬。

但管道建设业迅速崛起的华北油建一公司不负众望，干净利索地拿下了 15 标段的建设任务。

2002 年 2 月 26 日，华北一建公司经理张新生亲自带领项目部主要成员，赶赴西气东输陕晋管理处参加交接桩会议。

第二天，张新生又与测量工、技术员一道，对线路经过的地形进行踏勘研究。

4 月 1 日试验段开工后，张新生又与项目经理、副经理以及施工、技术等主要部室成员，对全线进行了复勘。

项目经理张德民在概括勘线的作用时说："想象的不如现场见到的难，只有看到难，干起来才简单。"

华北一建项目部对全长 78 公里长的线路，全部实现沟下组对焊接。

沟下组对焊接适合于地形比较复杂的地段，许多单位也有较成熟的经验，但全线都采取沟下焊，在当时听起来有些匪夷所思，而且需要缜密的研究和超人的气魄。

15 标段的主要地形为黄土塬和河谷川地。

华北一建项目部通过地形考察和工期安排，提出"先干山后干川，先崾岘后河谷"的策略。

因为当时考虑到：崾岘不通，就会制约整个山区的施工，而进入冬季后，陕北雨雪天气多，山区施工就得停止。

在 9 月雨季过后再抢河谷段，既合理安排工期，又保证了安全。

当时，在华北一建 420 名职工中，有三推婚期的女工，有孩子出生半年都不曾谋面的父亲，有不巾帼让须眉的 9 名女焊工，有双双奋战在西气东输战线的夫妻焊工。为按期拿下西气东输的难点段，他们以奉献为荣。

中油股份公司一位领导在视察时，高度评价了华北一建不畏艰险、迎难而上的精神："连山羊都难以到达的地方，你们都能把大量管材和设备送到位，并安全施工，真是太了不起了。"

2002年12月18日，华北一建提前迎来了第15标段的全线贯通。

2003年1月8日，通球扫线完。2月28日，陕晋段第一家上水试压，率先开始了前无古人的大口径管线在黄土塬山区的水压试验和吹扫。

整个西气东输工程施工的最艰难的一段堪称16标段。西气东输管道经延水关穿越黄河后进入山西永和县，与黄土残塬、河谷川台、石质山地、陡坎嵝岘、冲沟危石结伴而行。

素有"山地王"之称的四川油建总公司中标16标段后，他们以"选一流队伍，干一流工程，创一流水平，建一流业绩"的务实态度，集中精兵强将，汇集优势资源，组成了西气东输工程施工项目部。

四川油建总公司从西气东输工程技术要求和16标段地形特点出发，在对"人、机、地形"三要素分析整合后，通过加大扫线力度、开发专用坦克式山地运管车、采用蛙眺式施工方法解决山区陡峭困难段施工技术难题。

他们在项目总体部署上，以组焊工序为中心，重点抓好紧前工序与紧后工序的综合平衡和自由明差、总时差与作业流水节拍的整体调控，从平衡施工、顺序施工中挖掘工作的高效率。

2002年7月，昕水河三次穿越都处于洪水高发期，为确保整个项目安全运行和月份综合进度，项目部集中吊管机、挖掘机和施工人员，仅用20天就完成了加重块安装、下沟回填。

到 2002 年 10 月 16 日，中油四川油建总公司已经顺利完成 16 标段施工任务的管道主体焊接，基本实现全标段贯通。

辽河二建承建的西气东输工程 17 标段位于山西省蒲县和临汾市尧都区境内，全长 102 公里，工区内地形破碎，山地起伏，特别是虎头山、西山地段，要在黄土梁峁沟壑中作业，施工难度很大，全标段要穿越河流 67 处，顶管穿越公路两处、铁路一处。

辽河二建是首次进入国家重点工程，但他们在西气东输工程 17 标段一炮打响。

到 2002 年 10 月 15 日，在已经完成了 6800 多道焊口中，焊接外观一次合格率为 99.42%，射线探伤一次合格率达到 97.68%。

项目经理王晶毅表示："就算再苦再难也绝不放松质量，要为西气东输工程负责一辈子。"

辽河二建针对施工中遇到的技术难题，组织开展了群众性技术质量攻关活动。30 多道技术难关被逐一突破。

加拿大卡鲁沙热收缩带上海总代理称赞他们找到了最佳的补口方法，征服了进口高温热收缩带。

17 标段在中外业主的多次检查中，施工质量多次受到称赞。

2002 年 8 月 16 日，中油集团公司领导专程赶到现场，为创造这一纪录的辽河油建二公司 17 标段项目部颁发"为西气东输工程作出突出贡献的人们"奖旗和"辽河二建五机组连续 500 道合格焊口纪念"奖牌。

山西晋城一带是文物古迹较多的地带，西气东输管道从那里穿过。

中油管道四公司在 19 标段施工中，在阳城县芹池镇侯甲村村口的路边，发现一南一北长着两棵根深叶茂、四人合抱的大树。

路南是一棵核桃树，当地村民说："它已经有千年的历史，现在每年还能产核桃三四百公斤。"

路北则是一棵三千多年的古槐树，据说树洞内常有大蛇出没。一位上了年纪的村民说："我爷爷的爷爷也是在这两棵树下玩耍长大的。"

村民们称这两棵树为"夫妻树"，是"镇村之树"。

西气东输管道原设计走向正好选在路南的古树边。如果按原路线走，就必须将古树挖掉，管道才能顺利通过。

管道四公司面对古树，不忍心将它们挖掉，于是这个公司与业主和设计单位取得联系，提出让管道避开古树。

在得到允许后，管道向南平移了 50 米。千年古树保住了，但这样需要跨越一条大冲沟，施工难度增加了很多。

侯甲村的数百位村民得知这一决定后十分感动。一位姓刘的老人感慨地说："以前在我们这里施工的单位也不少，但像你们这样文明施工的单位还真不多！这两棵古树也该记住你们啊！"

奋战豫皖段工程

2002年10月16日，奋战在西气东输豫皖中原段的中国煤矿总公司矿山工程有限公司，按照招标承诺，启动4号沉井施工，于当日开始旋喷作业。

豫皖段地处中原，横跨河南、安徽两省，既有太行山、黄土塬山岭起伏的特征，又有江南水网密集的特点。

此段的难点在于黄河穿越和黄土塬冲沟、太行山猕猴自然保护区、沙河集水库等地的施工。

在会战中，西气东输工程豫皖段管理处采取有力措施，赶抢工期，保证不拖豫皖段总体工程工期的后腿。

中国铁路建设工程公司参战队伍准备了充足的设备与人力，实施沉井作业攻坚战，确保工程质量和进度。

他们在加快1号、5号沉井下沉进度的同时，邀请知名专家，研讨下沉方案，并调整和加强项目部的力量，加强项目管理力度，增加施工力量的投入，提高进度控制水平。

在会战中，监理工作力度一再加大，首先是一个声音：责权一体，大干100天！

监理分部积极发挥职能作用，实施"三个控制"，对工程进度负责，对工程质量负责，对HSE管理负责，严格履行合同承诺，把监督管理落到实处。

其次是重点旁站，一抓到底。

大家都知道，监理工作，关键环节是区段和旁站，他们是最有发言权的监督者。这个环节一旦出现问题，大干100天的攻坚战略就不可能有效实施。

为此，监理人员不断增强旁站监理的业务素质与有效监督意识，提高履行监督职能的主动性，促使决战豫皖段的目标如期实现。

在大干100天过程中，监理部门做到各种记录与工程同步进行。完善各种竣工资料，做到各种资料内容、程序、手续齐全完整。工程上的事不分大小，一事一归档，事事可追踪。

在百日会战中，豫皖管理处突出质量意识，为创造"四高一流"的工程打下坚实的基础。

他们发挥质量机构和管理体系的作用，根据管道建设的施工工艺和工作流程，建立质量管理体系。根据施工作业范围，确定质量管理权限，根据质量管理要求，明确质量管理责任。

他们注重把好施工过程中的每一道关口，不合格的焊材绝不允许使用，不合格的管材坚决从西气东输工程中清理出去，不合格的焊口必须割掉重焊，让豫皖段管道工程经得起历史的检验。

他们适时开展培训，保证工程质量持续稳定。

大庆安装公司承担西气东输工程22标段B段，虽然只有45公里，但却是豫皖段公认最难啃的一块"硬骨头"，难度在于怀远县境内38公里的管线施工。

怀远曾经是古代大禹治水之地，在治水前，洪灾泛滥。治水之后，水系发达，水网纵横。所以，这里农业发达，但管道施工难度却很大。

在这一段，共有沟渠248条，10米宽以上的90条，10米宽以下的158条。

大庆安装公司冒着豫皖大地的第一场大雪，进入沟渠密集区，他们平均150米左右就遇到一条沟渠，而且这种农民灌溉渠都是漫灌渠，无处排水，有些作业带基本浸在水里。

水网所带来的难度就是设备和管材进场难、焊接环境差。

到过现场的业主、外国监理、施工同行，还有到工地采风的作家、记者，大家都一致认为："在这种条件下进行管道施工，确实不容易！"

当时，业主对大庆安装公司还有些不放心，他们认为："虽然大庆安装在产能、化建、矿区建设方面拥有相当强的竞争实力，也取得了令同行瞩目的骄人战绩，但在中国管道建设行业中，他们的地位还只能算是一支新军。"

大庆安装深知自己的实力和地位，因此他们也憋足了一股劲，要在西气东输的大赛场上拼上一次。

一次，中油集团公司领导来到位于安徽怀远县的大庆安装项目部检查工作时，年轻的项目经理吕继承在汇报情况后作出保证：

> 弘扬大庆会战传统，发扬大庆精神、铁人精神，保证优质完成任务。

领导满意地点点头，并询问他们还有什么要求。

吕继承说："我们就觉得活少了点，不过瘾，希望将来能在西部大展身手。"

大家听后都笑了。集团公司领导也爽快地回答："只要干得好，肯定有希望！"

半年之后，大庆安装以水田水网单组施工12公里不留头、豫皖段综合质量管理先进单位、豫皖段综合进度先进单位等一系列上佳的成绩，成为一支有实力的管道新军，令参战同行刮目相看。

大庆安装公司承担的施工地段，具有坟墓多、沟渠多、弯管多、水田多、便道少的"四多一少"难题。

为此，吕继承、常务副经理刘永刚、项目书记雷成江带领班子其他成员，从项目部成立之初就定期召开碰头会，寻找占用施工难点的措施。

根据管道施工及"5月磨合队伍、6月普遍提速、三季度稳步推进、四季度会战贯通"的总体时间安排，项目领导综合考虑：如果单纯追求焊接进度，势必要在4处带套管的公路处和两条高水位干渠留头，同时还要在其他90处大于10米的河渠处留头。这样，45公里管段就要留下100多处连头。

他们同时考虑到：管道连头施工难度很大，势必又要造成人员、设备二次进场。既增加施工成本，又影响综合进度。

因此，大庆安装公司从开工开始，就高度重视连头工作，在生产组织过程中，坚持少留头或者不留头。

根据这种情况，确定了具备条件抢进度，不具备条件抢难点，重点抓顺序施工、抓薄弱环节、抓正点运行的宏观工作思路。

根据这个决策，各机组千方百计推进综合进度。

他们首先按照临汾会议精神，采取各种措施，减少了因弯头不到货而增加留头的现象。既节约了投资，又加快了施工进度，减少了沟下作业所带来的施工难度，扫清了施工中的最大障碍。

由于沟渠众多，严重影响了施工设备向前行进。

对此，大庆安装项目部加大施工便桥的投入。为了不影响农民灌溉，他们提前下涵管、搭浮板，对10米宽以内的沟渠，采用槽钢和木方制作4至10米长的浮板。

而对10米宽以上的沟渠，他们则采用下铺压重块、上垫钢浮板等方法，进展顺利。半自动焊机组创出了水田水网施工12公里不留头的好成绩。

6月下旬，怀远县境内的32公里旱田变成了水田，水深平均32厘米，有的地段水深50多厘米。

由于水洼成片、沟渠纵横、渠水满槽，作业带整个浸在了水中，泥泞不堪，现场环境十分恶劣，给管线焊接、补口、下沟等施工带来了极大困难。

7月份，气温高达38度以上，而地表温度则高达50度。

大家头顶着炎炎的烈日，烤得人呼吸都变得很困难。脚下是地下植物腐烂发酵所产生的沼气，气味难闻令人窒息。

大家每焊完一道口，每个焊工都是一身泥、一身水、一身汗。

由于长时间穿着水靴作业，大家的脚都泡白了，而且磨出了水泡，身上长出了热痱子，痒得厉害。

8月份，影响工程进度的因素增多了，连日来一直阴雨不断，这本来已经让职工们心里急得不得了，而且征地、运管等一些障碍，更让项目部领导和职工们心急如焚。

大庆安装项目部千方百计采取有效措施，调动职工积极性。领导们每天都到一线跟班指挥，深入各机组解决实际问题，协调各方面的关系，确保施工顺利进行。

领导们对职工时刻不忘进行形势、任务教育，激励广大职工奋发大干。

同时，在险难地段增加设备和操作手，挖沟机实行两班倒。

这些措施有效地加快了综合进度，使大庆安装公司7月份在豫皖综合进度评比中排名第一，受到通报表扬。

2002年10月26日至27日，西气东输管道公司举行HSE工作会议，在会上，管道公司对"质量月"活动优胜单位进行了表彰。大庆安装公司22标段项目部就是其中之一。

吕继承和刘永刚说："大庆安装项目部根据西气东输工程建设目标，'高标准、高质量、高水平、高效益'树立起自己的管理理念，'转观念、练硬功、树形象、创品牌、严管理、创效益'，让员工明确亲身参与西气东输工程建设、将自己的勤劳智慧奉献于这项跨世纪的伟大工程，是无上光荣和自豪的事情。"

面对荣誉，项目部领导还是那句话："我们是大庆队伍，我们有大庆人不畏困难、顽强拼搏的精神，有业主的支持和领导，有当地政府和人民的理解和支持，我们一定会攻克难关，圆满完成任务，在西气东输工程中打出大庆安装的品牌。"

女子焊工队战斗在工地上

2003年春节刚过，西气东输的管道局第三公司女子焊工班就开始招兵买马了。

很快，就有15名姑娘报名参加了女子焊工队。所有的工作从培训开始。

培训是全方位的，从理论到实际，从手把手教学到模拟现场的演练指导，从单独操作到互相配合、协调作业，从没有安全意识到安全、文明、规范施工，并通过了理论、实践考试，取得了河南省技术监督局颁发的上岗资格证。

姐妹们一步一个脚印，走过了100天的路程。

光参加培训还远远不够，要想参加西气东输工程建设，她们还要连闯"三关"。

第一关：取证考试关。西气东输工程各项指标要求都非常高。6月17日，考试如期进行，考场监理一脸的严肃，女焊工们沉着应考，15名女焊工全部一次通过焊接考试，顺利取得西气东输上岗资格。

第二关：焊口机械性能试验关。焊口机械性能试验，是考查焊工们焊接质量的前提。6月20日，打火开焊的当天，她们焊接的3道口被切了下来，要拿到距甘肃安西1200多公里的新疆库尔勒去做性能试验。

等待结果的那两天实在是太难熬了。人们纷纷到班长房间打听结果出来没有，这几个刚走，那几个又到。因为大家都知道，这3道焊口关系到女子焊工班的存亡，如果机械性能试验不合格，那她们就"死定了"。

班长刘玉英干脆召集大家开了一个质量分析会，看着这3道关口究竟会不会出现问题，但她们自信绝对没有问题，每道焊印都是她们用"心"去焊接的。

直等到23时多，机械性能试验合格的消息传来，姑娘们欢呼雀跃，用歌声庆祝又一次闯关成功，姐妹们激动得流出了眼泪。

第三关：百道口磨合关。按西气东输业主的要求，每一个参与施工的队伍，都必须进行百道口磨合，焊接质量达到95%以上才能继续施工。

她们第一天只干了7道口，因为风沙太大停工了，第二天又是风沙作怪。

自然环境的现实考验着她们，她们召开了"诸葛亮会"，讨论如何解决防风沙的办法。第三天、第四天就突破了14道口，第五天16道口，第六天、第七天每天都拿下了21道焊口。

经过质量检测结果表明，100道焊口一次合格率100％！

所有人都相信了她们的焊接能力，飞行检测的几位老专家在观看了她们的焊接姿势、焊接工艺参数的选用、焊接外观成型到工序衔接后公认：女焊工们的技术精湛，绝对不亚于男焊工的水平。

2003年6月20日9时，一片机器的轰鸣打破了西气东输工程第六标段、甘肃北部戈壁滩亘古的寂静，一群穿红色工装的女焊工手舞焊枪，一朵朵焊花纷纷绽开，三公司成立的第一个女子焊工班正式打火开焊。

23岁的郭亚芳是女子焊工班的技术员。2002年刚大专毕业分配到管道三公司。她来到这荒无人烟的戈壁，主要是因为她的男朋友也在第六标段另外一个施工机组里。

但是，郭亚芳没有想到，男朋友在第六标段的另一端，他们离着大约200公里，见一面都很难。

由于郭亚芳是技术员，所以每一道工序她都必须在现场做施工记录。

第一天到工地，郭亚芳穿着略显肥大的红色信号服，头戴安全帽，佩戴上胸卡和袖标，站在一眼望不到边的戈壁滩上，她觉得自己很威武。

郭亚芳看着大型机械设备在自己的指挥下，在作业带内有序地工作着，她心中充满了参与西气东输工程建设的成就感和自豪感。

但是，几天过后，戈壁上毒辣的太阳就把郭亚芳炙烤得脸上像刀割一样难受，沉重的工作鞋也让郭亚芳走路都觉得困难。

这天下班后，郭亚芳拿出镜子一照，她竟不敢相信镜子里的模样，她伤心地哭着说："天！我怎么一天就快变成我妈妈的样子了!"

但郭亚芳是个不服输的姑娘,第二天,她把镜子收了起来,全身心地投入到了工作中,每天奔波在工地上,几天就晒得黑黑的了,但她笑着说:"黑就黑吧,等工程干完了,回去多买点化妆品,准能补回来。"

刘洋比郭亚芳大一岁,是女子焊工班的HSE(健康、安全、环境)监督员。刘洋在家里是独生女,重活脏活从来不插手。她也是第一次上线,刚开始觉得什么都新鲜好玩,但在施工现场她专职负责HSE监督工作,捡拾垃圾也成为她工作的主要内容之一。

当时,女子焊工班施工地段附近就是兰新铁路线的维护伴行路,刘洋每天坚持不懈地清理着作业带及附近的垃圾,为扯下戈壁滩稀疏低矮植被上的塑料袋,细小的枝条把她细嫩的双手和胳膊划下了一道道伤痕。

一天下来,刘洋捡拾了足足两大袋子垃圾,因为西气东输全线所有机组的HSE监督员只有她一个女的,所以获得了一个"垃圾公主"的称号。

牛冬颖和马卫喜被人称为"黄金搭档",第一次上线就赶上西气东输这个伟大的工程,她们从内心里感到自豪。

马卫喜当时20岁,是班里年龄最小的,她刚从中专的电焊专业毕业,第一次出远门。

练兵刚开始的时候,马卫喜吃的苦最多,衣服也被烧过,甚至皮肤也被烧伤了。

在戈壁滩上施工的时候，许多地方都起伏不平，沟上作业时，马卫喜在地上仰着头焊离管子太远，而蹲在地上又离管子太近。这样姿势不好拿，而且焊出的管口质量也得不到保证。

经过一段时间的摸索，牛冬颖和马卫喜两人琢磨出了"捧头焊接法"，一个人焊的时候，另一个人坐在地上用双手捧着焊接人的后脑勺，作为一个支点；换另一个人焊的时候，另一个人再捧住她的头。

就这样，小姐俩以这种类似游戏的方式，认认真真、漂漂亮亮地完成了焊接技术中要求最高的盖面焊任务。

有人问她们苦不苦，小姐俩异口同声地说："选择了这个职业，就意味着选择了吃苦。"

朗威公司的监理说："她们焊的管口就像她们的脸蛋一样漂亮！"

她们的行动感动了许多人，有人专门为她们作了一首诗：

飒爽英姿握焊枪，西气东输干一场。
巾帼立下须眉志，偏爱工装胜时装。

2003年8月，管道三公司女子焊工班取得了12家施工单位、36个机组阶段焊接第一名，西气东输工程甘宁管理处给她们发了锦旗。

姐妹们簇拥着锦旗，跳啊笑啊，高兴得不知道说什么好，许多人都流下了眼泪。

她们工作时一丝不苟，业余时间也尽最大的努力，把在戈壁滩上的这段日子和生活安排得有声有色。她们说："我们无法改变恶劣的环境，但我们可以改变心态。"

女子焊工班的经理莫亚德说起这些女焊工，言语之中流露出对这些女焊工的敬佩之情。

有一天晚上，莫亚德有事要找姐妹们商量，于是就走到她们的宿舍前，他问："我能不能进去？"

里面有人回答："请进。"

可等莫亚德开门刚想进去的时候，他吓得差点摔了一个跟头：呈现在他面前的是一张张大白脸！

里面的姑娘们笑得前仰后合。原来，她们正在做面膜。

莫亚德说："每天从工地上回来都很晚很累了，可她们却还有这份闲心。"

为了让自己的工鞋与众不同，她们还在工鞋上画了许多小图案，有的左脚画一轮太阳，右脚画一个月牙。女焊工解释说："这就代表着我们迎着太阳出，顶着月亮归。"

有的工鞋上画了一张哭脸和一张笑脸，她们说："这就叫先苦后甜。"

就连她们营地养的狗都是为了纪念西气东输工程的，一只叫东东，一只叫西西。可见姑娘们对西气东输工程的感情多么浓厚啊！

超长输油管穿越黄河

郑州黄河穿越，是西气东输工程难度最大的控制性工程之一，这里多为中砂层、粉砂层，局部有砾石、砂岩，地质情况非常复杂，既不易成孔，钻进困难，又极容易卡钻。

这种情况在国内定向钻穿越史上是前所未有的，而且，该穿越总长度为4036米，其中，南岸水平穿越680多米，北岸水平穿越长3300多米，分3次穿越，每次穿越长度都在千米以上。

当时，黄河顶管穿越工程南端在郑州荥阳市王村镇，北端在焦作武陟县大封镇，虽然可以隔河相望，但两地往返一趟就是116公里，途经伏羲台、兴洛仓、凤凰山三座隧道和焦作黄河大桥。

中铁十六局承担黄河穿越任务，他们按照设计，自黄河北边向南岸先制作1、2、3、4、5五口沉井一字排开，再从井底用一台巨大的千斤顶顶着直径1.8米的钢管，以水平方向一节一节地向前徐徐顶进。

这样，一直顶到井井相连，从30多米深的黄河河床地下横穿而过。

大家没有想到，起初作业还算顺利的5号沉井，在跟设计深度只差4米多的时候，却突然遇到钙化地层，任凭运用各种措施，还是纹丝不动，井不再下沉。

顶管人员8次调整方案，他们用了两个多月，却只使井壁下沉了1米。

他们最后不得不采取冷冻井下、实施干挖的措施，一点一点地啃，一块一块地掏，硬是取出1800立方米钙化岩土，最终使5号井下沉到位。

向掘往4号沉井的隧道深处探步，虽然顶管内足有1.8米的直径，但由于头顶上和脚下面布有输泥管路、供电网络、通信设施等，人在里面行走并不轻松。

但是，测量人员每天要在管内多次来回穿梭，顶进上千米时，一天要走10多公里。

由于他们的示范操作和技术把关，首段顶管进洞误差上下左右只有正负2厘米，第二段上下误差仅2毫米，左右也只有正负5厘米。

业内人士评价说："这一测量水准和控制系统已经达到世界先进水平，填补了我国超长距离顶管测量的技术空白。"

黄河穿越工程从2003年7月20日开工以来，中铁十六局先后遇到两次技术难关：由于穿越距离长，套管偏差大，使管子柔性增大，牵引难度增加，顶管焊接一度受阻。

中油集团公司、西气东输管道公司及管道局领导高度重视，多次派技术人员和有丰富施工经验的管道专家现场解决问题。

经过两次调整方案，最后采用固定滚轮牵引施工法，于9月22日再次施工。

10月21日上午，在河南省考察的时任中共中央政治局常委李长春来到西气东输郑州分输压气站检查指导工作。

9时55分，李长春在时任河南省委书记李克强、省长李成玉等领导陪同下，来到郑州分输压气站。

李长春满面喜悦地与在压气站等候的西气东输管道公司负责人和豫皖管理处的人一一握手。

李长春在听取了HSE安全员的安全提示后，他戴上安全帽，在《西气东输工程简介》《西气东输线路走向图》《郑州黄河穿越断面图》《河南省用气规划图》和《郑州分输压气站鸟瞰图》5个图板前听取了汇报。

李长春在听取西气东输工程进展情况时，详细询问了全线完工的时间、未来天然气增量增容问题和各省天然气分配情况、压气站内还有哪些建设项目等。

当汇报河南省用气规划时，李长春又询问了西气东输给河南省天然气的输量及价格。

李长春认真听取了工作人员的回答后，满意地不断点头。

李长春看完图板后，又到站控室观看了从全线站场、工艺、自动化控制和通信到管理的多媒体汇报。

李长春再次关切地询问了西气东输未来的输量大小及河南省用天然气的情况。

随后，李长春愉快地与员工们合影留念。

10时25分，李长春满面笑容地与员工们告别，离开郑州分输压气站。

11月4日，黄河北岸1至3号井实现贯通。

11月18日，4至5号井实现贯通。

大家又经过三天三夜的连续奋战，最终完成了管线焊接任务，为炸没沉井、恢复地貌创造了条件。

至此，郑州黄河顶管工程基本结束。

在工作井即将全面竣工的时候，中油股份公司总裁陈耕等领导视察了顶管现场，并强调说："该项工程是整个西气东输管道工程诸难点的重中之重、难中之难。干好了，就是为实现朱（镕基）总理的指示'在中国版图上画上浓浓的一笔'添光彩。"

11月29日11时，随着重达54吨、跨度达85米的最后一桁架登上25米桩基，西气东输中卫黄河跨越工程胜利贯通。

至此，西气东输采用三种不同工艺技术穿跨黄河工程全部获得成功。

气源地抢建外输管道

2003年8月27日,克拉2气田正式开工。

克拉2气田建设工程主要包括:天然气中央处理厂、集气系统、输管道和钻井工程。

外输管道长160公里,管径1016毫米,将穿越高烈度地震区、两条地震活动断裂带、6条大中型河流,14次与新疆境内的南疆铁路、国道、省道交汇,不到100公里的伴行公路架设桥涵140座。

克拉2气田外输管道还将通过1.98公里长的隧道穿越天山的支脉却勒塔格山。

克拉2气田的地面全是山,为了地面建设和首批开发井开钻的顺利进行,气田内部要先修筑一条主公路,然后才能依托它把物资和钻机运进来。

2003年9月25日,克拉2气田建设开工后不到一个月,中油股份公司要求:克拉2气田的建成投产日期往前提一个月,2004年12月1日建成供气。

为了保证克拉2气田如期建成供气,中油股份公司将克拉2气田建设当作头等大事来抓。按照"急事急办,特事特办"的原则,高层领导出面和国家商务部协商解决克拉2气田进口设备通关程序简化问题。

经过协商,克拉2气田所有进口设备、材料通关程序大幅度简化，由原来5个月缩短为两个多月。

公司高层考虑到设备、材料运输到塔里木路途遥远，铁路运输很紧张，同意采用公路运输，国外个别进口设备在时间紧迫可以考虑航空运输。

2003年10月1日，长庆靖边气田开始向上海供气。西气东输工程西段管道建设正加快施工。

10月17日，塔里木油田分公司到北京向中油股份公司高层汇报西气东输上游气田建设情况。

中油股份公司高层决定：塔里木盆地的牙哈凝析气田于2004年9月1日向西气东输供气，克拉2气田12月1日供气，桑吉气田争取12月31日建成供气。

2003年的冬季即将来临。塔里木油田分公司开始考虑冬季施工问题。

中油股份公司的有关部门不同意克拉2气田建设在冬季继续施工，他们认为南天山山区冬季非常寒冷，会影响施工的质量。

但是，塔里木油田分公司考虑到，冬季不施工，三至四个月的时间又白白地失去了。所以，他们还是下决心在冬季施工。

10月份，克拉2气田所在的山区已经是寒风凛冽，施工队伍在冬季施工，首先考虑到大雪不断，山坡很滑，人员安全的问题；其次要考虑如何保证施工用水不结冰，如何保证混凝土浇筑及候凝时的气温不低于5度；等等。

甲方制定出冬季施工方案，要求施工队伍严格按照施工方案的要求施工，严格执行养护保温等项措施，运用科学技术优化冬季施工，要采用热水搅拌沙石料，给候凝的混凝土加盖电热毯、搭建保暖棚、添加早凝剂和防冻剂等方法，确保工程质量。

克孜尔河大桥是克拉2气田外输气管线伴行公路经过的第一座大桥，号称"西气东输第一桥"，全长170米。要求2004年到来之前必须建成并具备通车条件。

大桥建设2003年9月26日开工。随着冬季到来，大桥的施工质量面临严峻考验。

建设者在大桥建设工地上搭建起保温棚，烧起炉子，一次动用300条电热毯，保证混凝土在5度条件下候凝。

12月9日大桥建成通车，经权威部门进行全面检测，大桥实际强度超过设计标准，主体工程合格率100%。

冬季施工的项目还有外输管道伴行路。这条公路穿越克拉2气田外围的低山、丘陵和戈壁，跨越克孜尔河、盐水沟河、琼沙河，离开克拉2气田19公里，进入南天山支脉却勒塔格山。

大家看到，这里地势起伏很大，一条近百米高的隆丘横在中间，人们叫它"大陡坎"，垂直落差达到78米，要从隆丘中间劈开一条通道，土石方量为80万立方米，隆丘中间还有一层厚达3米的沙岩，对挖掘机铲刀磨损很厉害。

施工队伍每天24小时作业，几班人员轮番攻坚，终于在2004年元月2日劈开了"大陡坎"。

在前面的戈壁上还有一段软土路，表面看去一片坦途，下面却是软泥层。这段路要打进五万多根碎石桩支撑地面。这也是塔里木油田自建设油田公路有史以来头一次碰到的难题。

2003年11月打下第一根桩，19台打桩机日夜不停，经过两个月艰苦奋战，终于降伏了这只"拦路虎"。

外输管道经过却勒塔格山，要在这座山的盐沟穿凿一条1.98公里的隧道。

这条隧道一是横截面小，高3米、宽3米，大型机械设备用不上；二是工期紧，要求2004年6月30日前必须凿通。

施工队伍从大山两边对挖。作业面小，只能两三个人轮换打炮眼，放一炮，炸下一堆土石，用小型车辆往外拉运。

不久，他们又遇上水层，连续几次出水，洞子里像下雨一样，工人们将炸药穿上几层防水套防潮，有时一天要用去800多个防水套。

在出水层，几十处水眼往外冒水，作业面变成黏稠的水平层理，容易脱落，发生整体塌陷，钻杆钻进去，会被稠泥吸住，很难拔出来。

建设者没有退缩，大家很快研究出对策："出口提速、进口弱爆破、短进尺、早支护、勤排水"，开工40天内掘进了1000米，到2004年4月14日，隧道终于贯通。

2003年12月20日,为了加快克拉2气田建设进度,确保2004年12月1日如期建成投产,塔里木油田党工委响应中国全国总工会发出的"在三峡、西气东输、青藏铁路三大国家级重点工程开展劳动竞赛"号召,在克拉2气田建设工地开展以"铸精品工程,树世纪丰碑"为主题的劳动竞赛。

5000多名建设者派出代表,在建设现场举行劳动竞赛誓师大会。

党工委号召全体建设者,在南天山山前,在寒冷的冬季,掀起大干热潮,创建优质工程,比出新技术、新思路、新经验、新形象,实现高标准、高速度、高质量、高效率,最终实现2004年的决战决胜!

2004年1月,第一台钻机搬进了克拉2气田,2月3日正式开钻。

塔里木盆地属于大陆性气候,干旱少雨,一天之中气温多变,在早春三月这一特点更明显。

大家早晨要穿棉衣,中午却是太阳火辣辣地让人汗流浃背,深夜有时气温降到零下。

建设队伍多是来自内地,很多人一时难以适应。但是建设者们情绪高昂,一路高歌猛进,各标段焊接质量和进度连创佳绩。

春天一到,农田要春灌,河流和水渠陆续来水。这要求管道施工队伍在水下来之前,必须完成这些地带的施工。

施工队伍临时将施工力量集中在这些地段,突击施工,赶在春水下前完成管道焊接及敷设任务。

塔里木盆地的农田一律是靠浇水灌溉,有的农民已经往田里浇了两遍水,地下水位高,春天容易翻浆。有一次,一台拖拉机陷进翻浆地,几位农民用坎土曼和铁锨挖,结果拖拉机越陷越深,最后竟然陷进泥淖中不见了。

塔里木油田分公司在当初向当地征地时,为了尽量减少对当地农民的损失,征地宽 25 米,而且为期为半年,2004 年 5 月 20 日到期。

施工队伍日夜突击,买了很多建筑楼房用的竹夹板垫在地上,再让重 70 吨的吊管机在上面小心翼翼地通过。

2004 年春天到来之后,克拉 2 气田建设进入以设备安装为主的建设阶段。

2004 年 3 月 1 日开始,中央处理厂开始基础浇筑和厂房建设,这项"心脏"工程就算进入角色。

建设者为了按中国石油要求完成建设任务,确定了 8 个阶段的工作目标:

第一,到 6 月底,地下隐蔽工程安装完毕;第二,7 月 15 日,主要设备、容器、机泵安装就位;第三,容器操作平台、厂房建设在 7 月 31 日完成;第四,7 月 20 日,架空管道主体施工完成;第五,控制中心和分析化验室 7 月底主体结构完成,8 月底装饰工程完成;第六,

22铬双相不锈钢管道焊接7月10日开工，10月20日必须拿下主体；第七，高压放空火炬2座，10月1日前安全吊装就位；第八，电气仪表通讯工程到10月20日具备联合调试条件。

到9月1日，中央处理厂22铬双相不锈钢焊接突破4000道大关。9月30日，井口至中央处理厂集输管线的焊接主体工程完工，比要求提前了4天。

这些集输管线的管径508毫米，壁厚15.9毫米。每焊完一道焊口，工人要爬进管线内去检查焊口质量，有时要爬110米的管线。

牙哈凝析气田是塔里木盆地第一个投入开发的气田，也是计划中第一个向西气东输供气的气田。

7月1日，牙哈凝析气田停产大检修，为9月1日向西气东输供气做准备。

塔里木油田分公司要求20天之内完成大检修，他们15天就完成了，做好了向西气东输供气的准备。

8月24日，牙哈天然气输往西气东输轮南首站。

2004年9月1日，中国石油在轮南首站举行进气仪式。

10时，塔里木油田分公司副总经理宋文杰向中国石油报告：

> 西气东输上游气源建设完毕，牙哈天然气已到达轮南首站，可以供气！

西气东输管道公司副总经理黄泽俊报告:

　　西气东输工程轮南至靖边管道全部建成,已具备进气条件,可以供气!

四、全线贯通

- 2004年11月30日,随着西气东输工程全线贯通,承担着西气东输"先锋气"任务的长庆油田公司完成使命,以全力保障给北京、西安、银川等城市的供气。

- 2004年8月3日,西气东输管道工程最后一道焊口焊接完毕,标志着西气东输这条神州大动脉的合龙!

- 西气东输工程将向运营管理成世界一流天然气管道的目标大踏步迈进!

先锋气首送清洁能源

2003年10月1日,举世瞩目的西气东输工程取得阶段性胜利,在靖边隆重举行了东段进气仪式。由长庆油田公司开发的长庆大气区,向上海方向源源不断输送着造福万民的清洁能源。

2004年11月30日,随着西气东输工程全线贯通,承担着西气东输"先锋气"任务的长庆油田公司完成使命,以全力保障给北京、西安、银川等城市的供气。

参与过这项世纪工程的长庆人备感自豪,长庆大气区的采气人备感自豪。高山流水,情深意长,长庆人交出了一份合格的答卷。

长庆油田2003年天然气产能建设规模27亿立方米,钻天然气开发井178口。长庆气区进入了又一个大规模建产阶段,以满足西气东输的需要。

2004年长庆天然气产能完成后,使长庆气区天然气生产能力累计达到97亿立方米,从而实现2005年生产天然气90亿立方米。

按照西气东输管线运行投产方案:从10月1日到12月10日,是靖边至上海段管道置换升压阶段,长庆油田公司总供气量是666.1万立方米;12月11日至12月31日,是靖边至上海段管道试供气阶段,总供气量是

3834.08万立方米。

2003年10月1日，洁净、优质的长庆天然气，瞬时以每秒4.1立方米的速度从第一净化厂呼啸着向西气东输管道奔涌而去。

此时，已连续奋战了200多个日日夜夜，仍然坚守在岗位上的员工们露出了自豪的微笑，他们欢呼着，相拥着，眼角挂满了激动的泪珠。第一净化厂实现了安全、平稳、正点的供气目标，被授予西气东输工程建设的"先进集体"荣誉称号。

2003年，一净化厂厂长刘峰临危受命，调往第一净化厂担任厂长，全面负责扩建工程施工协调及投产准备工作。

刘峰接到调令的那一刻，就感到了自身所承担的压力之大、责任之重。到第一净化厂后，他在对工厂进行简单的了解和熟悉之后，果断地要求全体技术干部在保证工厂正常安全平稳生产的同时，全面参与到改扩建项目建设中去，对施工情况进行检查，对发现的问题及时整改，为后期投产赢得时间。

同时，刘峰决定，每天下午举行改扩建项目建设及投产例会，对各个专业当天的问题进行汇总，安排第二天的工作计划，这一举措，有效改变了改扩建项目建设甲方人员少、工作被动的局面，确保了改扩建项目建设于8月31日前顺利完工。

2003年9月，改扩建工程进入全面投产阶段，刘峰作为现场总指挥，他全面推行"作业票"管理和三级确认制度，对于重大工序实行四级确认。

9月23日，改扩建装置达到了进气条件，并开始进行试生产，刘峰密切关注着装置运行情况。在随后的一周时间里，他天天吃住在办公室，每天工作15个小时，眼睛几乎一直盯着现场。

9月26日18时，正处于试生产的400万立方米净化装置冷器外密封垫突然出现刺漏，循环水不停流出。

刘峰忙碌了一天，已经感觉疲惫不堪了，但当他得知情况后，迅速将正在加班的干部员工组织起来，经过5个多小时的连续抢修，于27日凌晨2时完成整改，恢复进气试生产。

此时，刘峰和他的同事们已经连续工作了18个小时。而在不到6小时之后，他们又将开始新一天的工作。

王海宁是一名普通的净化员工，油田公司劳动模范，优秀青年岗位技术能手，第一净化厂兼职安全员。

2003年，为了西气东输工程，王海宁义无反顾投身到第一净化厂400万立方米净化装置的建设工作中。

从担任兼职安全员第一天起，王海宁就以自己的实际行动履行着一名安全员的神圣职责。

在协助搞好全厂安全工作的同时，王海宁每天坚持巡逻在设备的"长堤"上，不敢有丝毫松懈。

在工作中，王海宁凭自己多年的经验，练就了一副"顺风耳"，只要听到设备发出异样声音就可知道问题出在哪里。靠着这身本事,他多次消除安全隐患,避免了事故的发生。

王海宁还经常为员工巡检忘记戴安全帽的事唠叨,个别员工很不耐烦,但在王海宁的思想里,凡涉及安全的事,一定要坚持原则,按程序办事。

王海宁就是靠这种高度负责的精神,保证了400万立方米净化装置在建设过程中安全无事故。

2003年8月,改扩建工程进行"原料气、产品气系统联头"两个动火作业,具有较高风险,属于一级动火。为了确保万无一失,王海宁在动火前一次次对动火作业现场流程进行勘察,逐项检查动火安全措施的落实。

在两天的时间里,王海宁没有合过一次眼,没有离开一分钟,一直盯在作业现场,终于圆满完成了联头工作,为改扩建工程顺利投产奠定了坚实的基础。

投产后期,王海宁作为现场技术负责人,吃住在厂里。每个寂静夜里,王海宁只能望着空中月光回忆睡梦中儿子的模样,他熟睡的脸庞是多么宁静。王海宁无数次在心中说:"等忙完了,爸爸一定多抱抱你,儿子。"

王海宁就是靠这种敢于牺牲自我、高度负责的精神,与全体净化员工一起确保了改扩建工程的顺利投产,为"西气"的正点"东输"贡献了自己的一份力量。

各站供气完成动脉合龙

2003年10月16日8时50分，西气东输天然气率先在郑州赵家庄门站点燃，中国石油开始向西气东输首家用户试供气。

2003年11月5日，西气东输工程为江苏省江阴市试供天然气的工程已建设并调试完成。

由用户建设的33公里支线及门站已建成投产，具备了接收西气东输天然气的条件。

2003年11月13日9时15分，西气东输开始向安徽省首家用户滁州新奥燃气有限公司试供气。此前，西气东输管道公司与滁州新奥燃气有限公司在合肥市签订了《天然气销售协议》合同。

2003年11月20日14时，西气东输向安徽省省会合肥市试供气。

11月24日14时，西气东输开始向河南安彩集团供气，安彩集团属豫北支线，该支线还担负着向河南新乡、鹤壁、安阳等市供应城市居民燃气的任务。

2004年元旦佳节，上海市政府会议大厅内金碧辉煌，西气东输上海正式通气仪式在这里隆重举行。中国石油与上海市天然气管网有限公司正式签署《西气东输天然气销售协议》。

上海市委主要负责人宣布西气东输工程正式向上海市供气，时任上海市市长韩正在仪式上致辞，国家发展和改革委员会副主任、西气东输工程建设领导小组组长张国宝及中国石油天然气集团公司副总经理、中油股份公司总裁陈耕分别讲话。

2004年1月9日9时许，随着苏州市天然气管网公司完成100公里输气高压管线和10个站场的建设施工，并完成了天然气置换，中国石油西气东输管道公司角直分输站开始正式向苏州市供应天然气。

2004年1月18日，西气东输工程正式向浙江杭嘉湖地区供气。

2004年8月3日，西气东输管道工程最后一道焊口，以祁连山和玉门压气站为背景，在距离嘉峪关30公里处成功焊接完毕。

以此为标志，西气东输西段主干线焊接及试压、干燥任务全部完成。

万众瞩目的西气东输西段主干线实现贯通，标志着西气东输这条神州大动脉的合龙！

举行西气东输投产庆典

2004年9月1日，全长近4000公里的西气东输管道起点塔里木轮南首站晴空万里，宾客云集。

9时整，随着自动化操作系统为千里气龙"点睛"，刹那间，这条巨龙神形毕现，为中国的经济腾飞再添神力。

10时整，承担西气东输上游气田建设任务的中油股份公司塔里木油田分公司的相关负责人，向中国石油天然气集团公司副总经理、中国石油天然气股份有限公司高级副总裁请示：

西气东输上游气源建设准备完毕，牙哈天然气已到轮南，是否可以供气？

随着一声令下，一组先进的电动闸门缓缓开启，塔里木气区优质的天然气，像壶口瀑布奔涌的滔滔黄河水，涌进西气东输管道，奔向大上海。

9月1日、2日，《人民日报》、中央电视台、中新社等国内主要媒体竞相向全国人民传播着这样一条消息：

西气东输主气源地——塔里木气区的天然

气进入西气东输管道了!

主控室顿时响起经久不息的热烈掌声。

塔里木天然气和长庆天然气,一路呼啸,向中国经济最发达的长江三角洲地区奔去。8000里巨龙扬眉吐气,横贯中国东西的能源大动脉,以宏大的气魄和无与伦比的雄姿,震惊世人!这是百万中国石油人献给新中国第五十五个生日的一份最厚重的礼物。

西气东输工程胜利建成投产并正式投入商业运营,时任中共中央总书记胡锦涛发来贺信。当国家发改委主任马凯宣读贺信时,710位会议嘉宾屏息谛听:

> 国家西气东输工程建设领导小组,管道沿线各省市区党委和政府,全体参建单位:
>
> 西气东输是我国西部大开发的标志性工程。开工建设两年多来,国家有关部门、管道沿线地区各级党委和政府通力合作、全力支持,各参加单位精心组织、科学施工,广大建设者艰苦奋斗、无私奉献,实现了把西气东输工程建成一流工程的目标。
>
> 西气东输工程的建成,再次体现了我国社会主义制度能够集中力量办大事的优越性。
>
> 我代表党中央、国务院对西气东输工程全线顺利建成并成功运营表示热烈的祝贺!向广

大工程建设者致以诚挚的问候和衷心的感谢！

　　西气东输工程的建成，开通了我国横贯东西的一条能源大动脉，对于推进西部大开发，加快中西部地区的发展，造福新疆及沿线各族群众，对于推动产业结构调整和能源结构优化、保障国家能源安全，必将发挥重大作用。

　　希望管道沿线地区各级党委和政府、管道建设运营单位继续团结协作，确保管道安全，确保稳定供气，积极开发利用，努力使西气东输工程发挥出最大的经济效益和社会效益，对推动经济社会全面发展作出新的贡献。

　　此次庆典的第一项日程，就是由陈耕报告西气东输工程建设情况。在20分钟的报告中，陈耕详细介绍了工程上游资源、下游市场、中游管道运行情况，并用较长篇幅阐述了中油集团公司在组织建设西气东输工程中，取得的经验和体会。

　　此次庆典主会场设在人民大会堂小礼堂，4个分会场分别设在塔里木气田、西气东输靖边压气站、西气东输生产指挥控制中心和上海市。

　　通过主会场大屏幕，人们看到：虽然寒气逼人，但是伫立在四个分会场的备战人员却士气高涨、精神抖擞。

　　当指针落在2004年12月30日10时20分，曾培炎大声地向全世界宣布：

西气东输工程全线建成、正式投产！

参加庆典的时任全国人大常委会副委员长盛华仁带头鼓掌，顿时，主会场响起了经久不息的掌声。

1000多个参建企业和个人受到全国总工会、团中央、全国妇联和国家西气东输工程建设领导小组的表彰，这是西气东输建设者获得的最高规格的荣誉。

庄严隆重的投产庆典暨表彰大会，在曾培炎的祝福声中结束了。他真诚地对大家说："祝贺大家新年好！"

全场爆发出经久不息的掌声。

这掌声为西气东输工程建设画上了一个圆满的句号，但同时这也代表了一个新的开端。西气东输工程将向运营管理成世界一流天然气管道的目标大踏步迈进！

本书主要参考资料

《中国大决策纪实》黄也平主编 光明日报出版社

《紫气赋》中国作家协会编 作家出版社

《气贯长虹》《气贯长虹》编委会编 石油工业出版社

《寻找西气东输的太阳》夏公君著 新疆人民出版社

《大气田壮歌：西气东输塔里木气源地纪事》秦刚主编 石油工业出版社

《大龙起舞：中国石油天然气管道局建设西气东输工程纪实》郭大伟主编 石油工业出版社